后浪

婚活食堂

1

[日]山口惠以子 著

吕雷宁 译

四川文艺出版社

图书在版编目（CIP）数据

婚活食堂.1 / (日) 山口惠以子著 ; 吕雷宁译. --
成都 : 四川文艺出版社, 2022.3
ISBN 978-7-5411-6273-2

Ⅰ.①婚… Ⅱ.①山… ②吕… Ⅲ.①长篇小说—日
本—现代 Ⅳ.①I313.45

中国版本图书馆CIP数据核字(2022)第020911号

KONKATSU SHOKUDO 1
Copyright © 2019 by Eiko YAMAGUCHI
Illustrations by pon-marsh
Design by Yoshinao OHKA
All rights reserved.
First original Japanese edition published by PHP Institute, Inc., Japan.
Simplified Chinese translation rights arranged with PHP Institute, Inc.
through Bardon Chinese Creative Agency Limited

本书简体中文版权归属于银杏树下（上海）图书有限责任公司
版权登记号：图进字21-2021-475号

HUNHUO SHITANG 1

婚活食堂1

［日］山口惠以子 著

吕雷宁 译

出 品 人	张庆宁
选题策划	后浪出版公司
出版统筹	吴兴元
编辑统筹	尚　飞
责任编辑	邓　敏
特约编辑	陈怡萍
责任校对	汪　平
装帧制造	墨白空间·李　易
营销推广	ONEBOOK

出版发行　四川文艺出版社〔成都市槐树街2号〕
网　　址　www.scwys.com
电　　话　028-86259303〔编辑部〕
传　　真　028-86259306

印　　刷　嘉业印刷（天津）有限公司
成品尺寸　130mm×185mm
印　　张　9.25
版　　次　2022年3月第一版
书　　号　ISBN 978-7-5411-6273-2

开　本　32开
字　数　130千字
印　次　2022年3月第一次印刷
定　价　42.00元

目录

第一盘

复活关东煮

"你好。"

七点稍过，吉本千波神色黯淡地走进店里，声音有气无力。一看就知道今天的约会不顺利。

"欢迎光临。"

四谷新道街[1]角落里的这个小店名叫"美咕咪食堂"。店名是食堂，实际上是家关东煮店。客座只有吧台上的十个位子。老板娘叫惠，一人照管着店里。

"来杯啤酒。再来个特色菜，还有吗？"

千波胳膊肘支着吧台，轻轻地叹了一口气。真是个心思简单的女孩，惠不禁佩服她的天真。

"瓶装和生啤，要哪种？"

"生啤。"

千波用手巾擦着手，迅速环顾左右，看看有没有

---

1 "四谷しんみち通り"与新宿大街（新宿通り）并行，是一条知名饮食街。细长的街道两旁，许多大众饮食店、居酒屋和世界各地料理店林立。

熟人。

"左近和千千石还没来哦，还早着呢。"

没等千波问，惠便已回答，并将一小扎生啤递了过去。也许是口渴了，千波一口气喝下半扎，噗哈一声吐了口气。

"来啦，千波特色菜。"

惠在千波面前放了一个大盘子，盘子里盛着一整个鸡架。

美咕咪食堂的关东煮高汤里，除了海带和木鱼花，还有鸡架。鸡架骨上带着肉，有时上面还会残留一点儿鸡肝，扔了可惜。有一次，惠熬完高汤，在鸡架上撒了点胡椒盐尝了尝，发现味道非常不错。起初她都留着自己吃，后来蓦然意识到这个味道是可以用来赚钱的。这道菜被冠以"特色菜"之名介绍给常客后大获好评。之后，"特色菜"吃上瘾、总来点单的客人络绎不绝，千波也是其中一位。

"白萝卜和魔芋。"

"葱段金枪鱼和牛筋各两串。"

"好嘞，谢谢。"

关东煮的点单接二连三，其间还有点酒的。应着此起彼伏的点单声，惠在吧台里走来走去，一刻也停不下来。她现在已经习以为常了，但是刚开始那段日子，打烊后两腿酸痛，有时甚至半夜抽筋，疼得从床上跳起来。从安坐静候的工作转行到站立走动的工作，起初一切都不顺。

千波低着头，专心地剔着鸡架骨间的肉。啃鸡架如同吃螃蟹，一旦开始就会专心致志，对话便自然中断。终于，千波把骨头嗑得光光亮，吱溜一声把盘子里的汤喝了个精光。

"对了，今天怎么样啊？"

惠瞅准时机问道。她猜想千波一定憋得心里发痒，不想说的话，就不会到惠的店里来了。

"唉。"

千波皱着鼻尖摇摇头。

"来杯酒吗？"

"日本酒，樽酒[1]。"

惠把樽酒倒进烫酒用的酒壶里，连同杯子一起放到吧台上。千波喜欢带有杉木清香的樽酒，每次来必点。

"派对上见到的时候，不是感觉很好吗？"

"唉，一言难尽……"

千波把酒斟到杯子里，迅速喝了一口。

"那个，来份关东煮。白萝卜、魔芋丝、鱼丸、牛筋，还有葱段金枪鱼。"

牛筋和葱段金枪鱼同特色菜一样，也是惠的得意之作。牛筋是将牛膈膜焯水数次后炖软而成的，咬上一口，胶质糯糯地缠绕着舌头，让你享受到吃瘦肉品不到的美味。带有脂肪的中肥金枪鱼[2]和柔软甘甜的深谷大

---

1 指在木桶中存储过的清酒。

2 金枪鱼肉主要分为赤身、中肥、大肥三种。赤身脂肪最少、颜色最深，广泛分布于金枪鱼体内，尤其集中在脊骨周围；中肥脂肪量适中，分布于金枪鱼腹部和背部；大肥脂肪最多、价格较昂贵，主要分布在金枪鱼的前腹部和中腹部。

葱[1]交替串在一起的葱段金枪鱼，这道菜品也不是哪家关东煮店都能吃到的。浓郁与高雅自然融合，光这一串葱段金枪鱼，就足以成为日式料理中的一道单品。来店的大部分客人都会点这道菜品，很有人气。

"没记错的话，那位是 IT 公司的老板来着？"

千波放下杯子，点了点头。

"真是的，这人不知道跟我说过多少遍了。什么参与一个超大项目运转几十亿的资金啦，坐着国外明星的私人飞机去了拉斯维加斯啦，受到中东王宫的招待啦。"

"哇，厉害了。"

"可是一起吃饭的时候，你猜，他带我去了哪里？"

"米其林星级餐厅？"

"要排长队的拉面店哦！"

惠忍住没笑出来。

"怎么会这样？"

---

1 日本埼玉县深谷市所产大葱的总称。该市大葱产量位居日本第一，深谷大葱已成为日本国民品牌。一年四季均有生产，根据收获季节分为春葱、夏葱和秋冬葱，其主要特征是纤维细腻柔软、糖度高、葱白长。

"对吧？"

千波恶狠狠地一口咬住了牛筋。

"丢死人了。我那么精心打扮一番，为什么非得在拉面店门口排队呢？"

千波身着柔和色调的套装，一头长发做了漂亮的卷烫，应该是花了不少工夫。

"所以你大跌眼镜，到了店门口就扭头走了？"

"要是真这样，那还好了呢。"

千波懊恼地撇了撇嘴。

"我寻思着，也许会有什么惊喜吧，然后就乖乖排队了。结果呢，什么都没有。拉面上来了，人家一本正经地吃了起来。我一看，实在忍受不下去了……"

结果就是千波起身离开那家店，直奔惠的店来。

"所以我都快饿死了……现在总算缓过劲儿来了。"

千波一口气吃光盘子里的关东煮，又点了一些。

"再来杯樽酒吧。"

或许是因为空腹灌了酒后酒劲上来了，千波的双眼略带几分迷离地看着惠。

"哎，老板娘，你就事先没预见到有拉面的场景吗？"

千波突然将双手在胸前交叉成 X 形，问道。

"那可是你的老本行，月光小姐！"

惠苦笑着摇了摇头。

"不行不行，我现在是个普通的欧巴桑[1]。"

千波双肘支在吧台上，无力地垂下头。

"啊，亏了，气人……"

千波的怒气也是可以理解的。她入会的婚姻介绍所，女性会费比男性高，但是男性入会资格仅限于医生、律师、注册会计师、议员、企业老板、一流企业员工等所谓的"成功人士"，这是这家介绍所的卖点。不夸张地说，女会员都是奔着与成功人士结婚的目的来的。支付昂贵的会费，到头来却被带到要排长队的拉面店，不失望才怪呢。

据千波的说法，"美女"是女性的入会资格。

"不过，那位会不会只是爱吃拉面而已，实际上很

---

1 "欧巴桑"为日语"おばさん"的音译，指阿姨、大妈。

有钱呢？”

“不可能，不可能。他可是一踏进拉面店立马就露出了马脚。之前说的一切都是吹牛。”

千波呼呼地吹着加点的土豆答道。

“再说了，不管他多有钱，要是小气的话，那可就没辙了。反正也不给花，跟没钱一样。”

心直口快、毫不顾忌的千波其实是个离过一次婚后搬回了娘家的女人。她大学毕业后不久，就与供职于著名大学医院的优秀外科医生相亲结婚。然而，男方性格怪异，婚后一直家暴不断，半年后，千波好不容易逃了出来，跟他离了婚。

即便如此，千波也能够加入仅限成功人士入会的婚姻介绍所。她本身容貌姣好自不必说，还因为她娘家经营着一家在全国拥有 12 个诊所的大型美容整形外科医院。电视上也常常高调地播放广告，看来挺赚钱的。据说第一次结婚，千波家开出的陪嫁条件是“提供创业资金”，现如今女儿离婚要再嫁的话，条件肯定更为优厚。她这条件，按理说很快就能找到理想的另一半。

　　吉本美容整形外科医院总部位于新宿区四谷本盐
町，千波的豪宅地处千代田区六番町，离两边最近的地
铁站都是四谷。千波之所以把美咕咪食堂当自家厨房来
光顾，多半是出于交通方便。

　　"去什么婚姻介绍所啊，动用你父亲的关系找不是
更好吗？"

　　惠觉得不可思议，曾经这么问过千波。千波立刻
回答说："跟父亲有关系的都是医生，我可不敢再找医
生了。"

　　"上次只不过是不巧碰上了渣男嘛。医生又不是都
会家暴。"

　　"基本上都一样。自私任性，自尊心又强。不过话
又说回来，毕竟是闯过考试难关才当上的医生，有这样
的性格也许是理所当然的。"

　　"要这么说的话，精英可都是自尊心很强的。东大[1]
毕业的人说起话来，一定会透露出'东大'字眼。"

1　指东京大学。

"让我受不了的是有些医生瞧不起美容整形外科的医生。他们认为美容整形外科根本就不是医学，自尊心不允许他们把美容整形外科医生看作自己的同行。可是，这些人内心又对我们赚钱多这件事羡慕得不行。"

所以，要与著名的吉本美容整形外科医院院长的千金结婚，据说男方都会心情复杂，思虑重重。

"瞧不起我父亲，但又想得到钱。所以娶我为妻就相当于明摆着是为了陪嫁而屈节的。前夫冲我撒气，也有这层原因。否则的话，他充其量只会表面上装装样子，外头养个情人，或者通过酗酒赌博消愁解闷罢了。"

惠不由得心生敬佩。

千波搬回娘家后，一边在父亲医院的挂号处打工赚点零花钱，一边开展婚活 [1]。在旁人看来，她家境好，想必就是个肤浅的啃老族，没想到竟然有如此敏锐的洞

---

[1] "婚活"就是以结婚为目的而进行的一切活动，最早是由日本社会学家山田昌弘提出的名词。这些活动对内包括参加化妆、健身或沟通等课程，对外包括积极相亲、参加交友派对等。如今"婚活"的形式越来越丰富，可以说它表明了现代男女一种积极的生活态度——像找工作积极推荐自己，主动创造收获稳定伴侣关系的良机。

察力。同时，她对著名美容整形外科医生的女儿这一身份，分析得极其客观。她的冷静，也着实让惠大为震惊。

惠打心眼里想为千波的婚活助上一臂之力，也是从那次交流开始的。

"晚上好！"

八点过后，千千石茅子进来了。

"啊，千波！"

"太好了，我正想回去呢。"

坐在千波旁边的两位客人向边上靠了靠，给茅子让出了一把椅子。

"谢谢，不好意思。"

茅子礼貌地道了谢，在椅子上坐了下来。

"你听我说啊，今天的约会可真是糟糕透了。"

没等茅子拿起手巾，千波就准备开始喋喋不休。惠微笑着制止了她，在茅子面前放了一碟小菜。

今天的小菜是鳕鱼子沙拉。土豆煮好后搅成泥状，加入去了皮的鳕鱼子，再用蛋黄酱和黑胡椒调拌即可。

菜品简单，但很适合做下酒菜。关东煮汤底以酱油为主，为了不让小菜的味道与其重叠，惠会做一些用盐、味噌、沙司、蛋黄酱、番茄酱等酱油以外的调料的小菜。

"来点儿什么呢？"

"先来个生啤，然后……"

茅子看着关东煮锅，点了白萝卜、魔芋、海带、鱼丸、炸鱼肉饼、鸡蛋等常规的几样。

"哎哟，那可真倒霉啊。不是说在派对上这人看上去不错吗？"

茅子认真地倾听千波的牢骚，满怀同情地附和着。每次都这样，她脸上从未有过不耐烦。对千波来说，如果说享用惠的关东煮是对身体的保养，那么向茅子倾诉不满，便是对心灵的保养。

"千千石，再来杯什么酒？"

"嗯……跟千波一样，也来杯樽酒吧。"

茅子五十五岁左右，自称"四舍五入已花甲"，多年来一直是百货店的派遣店员，站女装柜台。除去地段因素，百货店的顾客一般以中老年女性居多，比起年轻女性，年龄相仿的店员与客人更谈得来，因此更受喜爱。丈夫死后，茅子与女儿相依为命，女儿"四舍五入"三十岁，却全然不见结婚的征兆，这是茅子的苦恼之源。

"没必要担心吧？也许很快她就会自己找到合意的男朋友……"

惠话音未落，茅子便愁得眉头紧锁。

"我女儿是邮购公司的话务员，公司里全是女的，工作中根本没有机会认识异性。唯一的可能，也就是跟顶头上司有个外遇什么的。"茅子愁容满面，继续说道，"她要是个公务员、专业技术人员，或者至少是正经公司的正式员工的话，我也就不操心了。就算一辈子单身，生活也能过得平平稳稳。可是，我家女儿啊……"

茅子的女儿大学毕业后，在一家大型保险公司就职，可是由于过度劳累，又遭受精神暴力、职权骚扰等导致身体出了状况，工作两年就辞职了。虽说半年后回归了社会，但是很少有公司会从非应届毕业生中招募正式员工。后来，她在一家派遣公司登了记，便开始了话务员的工作。

"她要是一直做派遣员工的话，到了我这个年龄该怎么办呢？一想到这，我就浑身发冷。拿不到退休金，养老金也微乎其微。我担心得都没法放心去那边了。所以，我得趁自己还有气的时候，把女儿的将来托付给一个靠谱的人啊。"

茅子的忧虑合情合理，至少比千波的结婚意愿要迫切得多。尽管如此，茅子从未面露不耐烦，总是热心地倾听千波讲成功人士婚姻介绍所的故事。

"你不会是想让女儿也加入那个介绍所吧？"

千波不在的时候，惠曾经这样问过茅子。茅子对此一笑了之："怎么会！我们家没那么多钱，就算有，俗话说得好，'不般配是离婚的根源'，我不想让女儿攀高枝。不过……"

所谓的成功男士，他们对女方的要求实际上也是很多男人的共同追求：漂亮、温柔、可爱、性感、顺从、厨艺好、家庭型，绝不出风头但其实聪明过人。

"世上哪有这种女人。满足其中几个条件，对男人来说就是理想的女人了吧？哪怕跟实际情况有出入，也可以通过演技表现出理想的样子。别忘了，女人可都是演员。现如今，单单明白了这一点就是个收获哦。"

"也就是'女子力'[1]？"

"对，对。"

惠思索着男人心里的幻想和女人心里的现实。如果能干脆明确地把结婚当就职的话，那么演技自然是可以用的。

"不管怎么说，真希望她能遇到一个不错的人啊。"

惠被茅子的为母之心所感动，很想为茅子女儿的婚事助上一臂之力。

"晚上好！"

九点过后，左近由利走进店里。她因为工作太忙，每次都是最后一个来店的客人。

"欢迎光临！辛苦了。"

---

1 指女性能将自身的魅力展现出来的力量，也指自立自强的女性力量。

"来杯樽酒，冰镇的。"

由利在一个空位上坐下。

"千波和千千石刚走，差了一步。"

"噢。"

由利用手巾擦着手，心不在焉地应了一声，脑子里好像还在想工作的事。

"有短爪章鱼吗？"

"不好意思，今天没进货，只有一般的章鱼。"

"那来一份吧。其他的……您随意搭配吧。"

"好嘞。"

由利上个月开始"控糖减肥"，已经指定过"不要薯类、竹轮麸[1]、炸鱼肉饼等鱼糕"。但是关东煮的材料就那么几种，所以每次她点的几乎都一样。

"那也比自己做强啊。"

由利是一家大型服装公司的采购员，据说在公司里数一数二的能干。她长得棱角分明，短发，身着单调

---

[1] 竹轮麸是日本关东地区特有的食材，外形似车轮，由小麦粉加水、盐揉捏而成。

的西装，配着名牌公文包，看上去与她的职场女性身份极其相称。

"不过，要控糖的话，日本酒不太好吧？来杯碳酸酒或者嗨棒[1]？"

"没事，酒另当别论，要是连这个也戒掉的话，一天的乐趣就没了。"

由利很珍惜地将嘴唇贴在了樽酒杯上。

"那个女孩又不长记性地在派对上捞了个渣男？"

那个女孩指的是千波。

"她很恼火呢。对方一开始大肆宣扬说自己是 IT 公司社长，能不动声色地运转十亿资金，可到了一起吃饭的时候，竟然把千波带到了一个排着长队的拉面店。"

由利扑哧一声笑了出来。

"真是没眼力。那种人，难道在派对上聊天的时候看不出来吗？"

由利开心地掰开一次性筷子。

1　Highball 的音译，在日本泛指威士忌苏打水，就是将威士忌等用苏打水稀释加冰后的饮品。

"对方说话的时候仔细听的话，如果是装腔作势的家伙，肯定会在哪里露出马脚的。比如，不知道行情啦，搞错名字啦，把银塔餐厅的名菜当成是马克西姆[1]的啦。"

"很难啊。大家都拼命想找个好姻缘，被欲望迷了双眼。而且，像你这种要求严格的女孩，本来就不会去参加婚活派对之类的活动。"

虽说由利不看好千波埋头于婚活，但她对千波的为人很是欣赏。"是不是因为'傻孩子招人爱'的那种心理啊？"她曾这样剖析自己。可能是千波傻乎乎地反复遇挫让她既觉得有趣，又心生些许羡慕吧。因为那些事情是机灵的由利绝对做不来的。

"千千石也还没放弃女儿的婚事吗？"

"没有，干劲十足呢。"

"别管就是了，她女儿根本没那个心思，当妈的再怎么催也没用……"

1　银塔餐厅与马克西姆餐厅都是法国巴黎拥有悠久历史、赫赫有名的餐厅。

"不过，有些人要是身边没人帮忙张罗的话是结不了婚的。"

由利抬起眉毛，"不会吧？"几个字仿佛就在嘴边。但在惠看来，这确实是一个严酷的事实。

"自由恋爱结婚的普及，大概是从战后开始的。在那之前，适婚年龄一到，亲戚或者媒婆就会帮忙介绍合适的人选。"

"媒婆，这个词好让人怀念。"

"我觉得那种方式很适合日本人，因为并不是所有人都擅长恋爱。所以，爱管闲事的欧巴桑一消失，结婚难民就暴增起来。"

现在，日本五十岁的男性未婚率达23%，女性是14%。也就是说，在五十岁之前，每5名男性和每7名女性中分别有一人从未踏入过婚姻。

"这么说来，我公司里的单身也越来越多了呢。"

由利脑子里浮现出几个同事的身影。要是在三十年前，不管工作干得有多出色，像由利这样过了四十还单身的话，就会处于尴尬的境地。而现在，四十多岁的单身女性并不少见。

惠突然想起了感叹女儿话少内向的茅子。据说茅子的女儿去参加婚活派对，遇到自己中意的人也不敢打招呼，最终总是配对失败。

"千千石女儿那种文静内敛的性格，在以前是优点，可在现在的婚活上，却因为没法积极展示自己的魅力而成了缺点。"

"这一点，男人真是没眼力啊。"

由利非常赞同地点了点头。

正在这个时候，惠突然看到由利背后有个影子。

"？"

难道是看错了吗？惠眯着眼睛细看，发现那影子渐渐变出人的模样，浮现出一张模糊的脸。

"……？！"

由利诧异地问道："怎么了？"

"没什么。"

惠突然觉得背上冷汗直冒。一瞬间，惠从影子里看到了一张棱角分明的男人脸庞。

"由利，你最近见过的人里有没有长得像外国人的？"

"我上个月去巴黎和米兰出过差。"

那已经是一个半月以前的事了。

"回日本后没跟谁见过面吗？"

"这个嘛……公司里倒是有那么两三个人长得浓眉大眼的，但也不至于像外国人。"

难道是我弄错了吗？惠心里想。

"你是不是看到了什么？"

"不，没有。"

惠连忙摇头，由利好奇地向前探过身来。

"月光小姐的功力是不是回来了？"

"怎么会！那已经是过去的事了，这十年来，我一直就是个普通的欧巴桑。"

惠嘴上虽这么说，心里却犯嘀咕：

难道我又能预见到了吗……

玉坂惠今年五十岁，现在只不过是一家不起眼的关东煮店"美咕咪食堂"的老板娘，可是十年前，她是媒体上大红大紫的人气占卜师。

当时，惠以"白魔法占卜·月光小姐"的身份在女性周刊杂志上开设了一个占卜专栏，还在电视节目里做过常驻嘉宾，她在"占卜馆"的预约都会排到半年以后。

"你好恶心。"

高中一年级的时候，有人这么说过惠。惠一直以为自己看到的东西跟别人一样，被同学这么说了以后，她才发现原来自己能看见一些别人看不见的东西。

怎么到了高中才发现呢？那是因为从幼儿园、小学到初中，惠从未交过朋友，同学们都对惠敬而远之，惠也不主动去接近他们。总之，大家都排斥惠，而对惠来说，被孤立却是求之不得的事，因为她讨厌小孩。

上了高中以后，惠开始与别人有了些交流。

有一天，不知是出于什么由头，惠和同学开始玩起了一个游戏：一个人脑子里想 1~5 的任意数字，其他人来猜。惠每次都能猜对，因为她看得到那个数字就浮现在对方的双眉之间，想错都错不了。

"要不改成从 1 到 10 ？"

因为惠一直猜得很准，于是有同学这么提议。然而结果还是一样，接着就有人开始说惠"恶心"。

惠并没感觉受到了什么伤害，相比之下，"自己能看到别人看不到的东西"这一事实更加令她震惊。

惠思前想后，最后做出了"不公开为好"的决定。同学的反应说明这个特异功能会给人负面的印象，既然这样，还是不在人前暴露出来为好。

可是，不管惠怎么隐藏，好像被什么吸引着一样，总有让她施展特异功能的事情找上门来。

从附属高中直升大学以后，惠跟周围的同学一样，为了赚点零花钱，开始找起了兼职。

惠在杂志上看到一则招聘广告女郎的广告，工作内容是为新开在原宿的一座商业大楼做宣传，要求身着统一服装在大街上做展示、散发纸巾。工作为期三天，日薪将近一万日元。大学期间的惠出落得清纯可爱，她顺手报了名就去参加面试了。

会场设在还未开业的新建大楼事务局，里面聚集了上百名大学生模样的女孩，每人在接待处领到一个排队号码后，在等候室里候着，然后一个一个地按顺序被叫进房间。惠正好是五十号。面试官有四人，两位身穿双排扣西装的中年男性，一位身着和服的六十多岁女性，还有一位戴着墨镜的青年男子。突然一瞬间，惠看到这几个男人身上笼罩着一层黑色的雾霭，同时，和服女人的眼睛闪烁了一下。

然后，青年男子极其机械式地通知惠：

"你面试通过了。星期五早上九点来这里集合，今天回去的时候去接待处登记一下衣服和鞋子尺寸。"

那座大楼是原宿常见的时装大楼，除了有经营年轻女性的服装鞋包和首饰的店铺，地下和最上层还有几家知名的餐饮店。七楼是占卜专用楼层，整个楼层被分割成十位占卜师的房间，生意非常红火。后来占卜师不断增加，甚至整座楼都被称为"占卜馆"了。

活动第三天，也就是打工的最后一天，惠被面试过她的那个和服女人叫住了。

"如果你愿意的话，来我这里兼职吧。"

"欸？"

"我的助手突然辞职了，我正在找接替她的人。"

惠从一起打工的同事那里听说过，这位女性是被称为"原宿之母"的人气占卜师。

"可是我对占卜一窍不通……"

"没事儿，你在我身后站着就可以了。"

这个兼职，有课的日子可以放学后来，周日和没课的日子就可以从上午开始一直待在占卜室。

"时薪一千五百日元，可以按日支付。"

"真的吗？！"

那个年代，学生打工时薪一般在七百日元左右，一千五百日元可是破格的待遇。显然，惠被这个兼职吸引住了。

"原宿之母"称自己名叫尾局与。这是本名还是艺名不得而知。跟与接触久了，不管内心愿意与否，惠与占卜的关系日渐密切了起来。

在十位占卜师中，与人气超群，知名度最高，占卜的命中率也高。所以，她分到的占卜室空间是其他占卜师的双倍，占卜室以外还另设了一间等候室。即使这样，也容纳不下所有的客人，有时队伍一直排到了走廊里。

虽说是助手，但惠的工作只有两个：打扮成神社巫女的模样喊"下一位"，把客人从等候室带到占卜室；然后按照与的吩咐，帮她拿她想要的东西。

"这是四柱推命[1]的书，这是命理学，这是看手相的书，这是姓名测试，这是凸镜，这是卜签。记住它们的名字，别弄错了。"

与的占卜是日式风格，她在占卜室里总是一副主祭的装扮。房间里除了桌椅，其他都是纯和风装饰。照明用的是纸罩蜡灯式台灯，墙壁前面是绘有水墨龙虎画的六曲一双屏风，桌子的两边摆放着贴有手相图和面相图的台子。

等客人（几乎全是年轻女性）从等候室走进占卜室，在桌前坐好后，与会询问其姓名和出生日期。这个时候，根据面相、四柱推命、姓名测试等知识，与便能

1　源于中国的传统命理学，根据天干地支、阴阳五行等理论推测吉凶祸福等。

在某种程度上说中对方的个人信息。客人都会大为震惊和佩服，从而对与产生信任。与看得差不多了，就会不紧不慢地开口问道："你有什么烦恼呢？"

有时客人刚一进屋，与便一语道破："恋爱不顺利吧？"

她从未有过失误。

"太厉害了！您怎么知道的？"惠吃惊地问。

与则若无其事地说："年轻女孩的烦恼基本上都跟恋爱有关。"

另外，"我几岁能结婚"之类的问题也比较多。与看看手相，摇摇卜签，然后就会煞有介事地回答对方。

"场所不同，顾客阶层完全不一样。原宿以年轻女孩为主，神田和新桥工薪阶层多，浅草老年人多。"

据说，咨询内容也会从外遇、人际关系冲突上升到负债、遗产问题等，逐渐变得严重和露骨。

惠对与越来越佩服了。

认识与之前，惠对占卜师一直抱有成见，认为他们"通过对客人察言观色、巧妙提问，从而诱导出适当的回答"。但是，与绝不会说不负责任的话。惠看到客人的脸时感觉到的模糊的雾霭，与都能够更清晰地分辨出它们的形状。在这个基础上，与再向客人提出建议或忠告，而这些都是她的自然流露。

与并不是每天都在占卜馆，每周有两天要去客人家里占卜。

去家访占卜的时候，惠也一起跟着，一般都是黑色租赁专车接送。到访的地方以带庭院的宅邸或超高级公寓居多。

等待与的几乎都是老人，其中也有报纸或电视上见过的人物。他们的烦恼都是健康问题。是不是得了癌症？心脏是不是衰弱了？会不会引起脑梗死？他们为此烦恼而惶惶不可终日。有时惠也能隐约看出他们的恐惧不日将变成现实。

在这样的场合下，与的作用与其说是占卜，更像是安慰。她用心倾听老人们对衰老的不安和感叹，虔诚地为他们的健康祈祷。于是，老人们便恢复了些许气力。

令人吃惊的是，与的家访占卜费用比占卜馆一天的营业额还高。

"先生，比起占卜馆的工作，是不是增加些家访的次数更好呢？"

与冷笑一声，说道："我倒是很想放弃家访，家访实在是压抑难耐啊。"

惠也有同感，死亡的阴影已悄然逼近老人们。和没有一点光明前途的人长时间待在一起，精神上应该会很痛苦吧。

"而且，我是占卜师，又不是祈祷师。对他们来说，可能哪个都一样。"

低声自言自语的与，看上去有一种不同往常的寂寞之感。

经历这些事之后，惠忍不住问了一个问题。

"先生，哪种占卜最准？"

与经常使用姓名测试、四柱推命、命理学、面相、手相等易学领域的各种方法论，涉及范围广。这些占卜方法中，命中率最高的是哪种呢？

与扑哧一笑，指着自己的额头道："这里。"

"大脑吗？"

"不是的，我指的是那种与生俱来的能力一样的东西。"

与停顿了一下，目光敏锐地看着惠。

"易学被认为属于统计学，占星术、四柱推命、姓名测试、面相、手相等看的都是概率问题，这我赞同。不过，统计学只能解决外围问题，指不出核心问题。"

与又停顿了一下，仿佛在等惠消化理解刚才提到的内容。

"有的占卜师算得准，有的不准，二者的差异在于是否具备对肉眼不可见事物的感知能力。这种能力叫法多多，有神灵感应、千里眼、预知能力，等等。"

与的视线对着桌子上的易学书迅速扫了一下。

"这些东西只不过是提高注意力的手段而已，至少对我是这样的。"

与露出讽刺的微笑。

"跟药一样，药效慢的副作用少，药效快的副作用大。"

然后，与朝惠的方向探了下身。

"你也能看到吧？"

惠害怕了起来。

"您为什么这么认为？"

与的手指指向惠的眉间。

"这里在发亮呢。有这种能力的人这里都会发亮，一目了然。"

与把手放在桌子上的书上。

"学学看，肯定对你有帮助。"

惠犹豫了，高中时代被同学骂"恶心"的情景记忆犹新。

"不勉强你。我只是觉得，难得的能力要是不磨砺一下的话很可惜，世界上可是只有一小撮人才拥有上天赐予的这个能力哦。不知道上天为什么选我们，但我总觉得，如果不珍惜这个偶然得来的恩赐，会遭报应。"

听了与的这番话，惠第一次意识到自己的能力是"上天的恩赐"。碰巧被选中的是自己，但其实别人也有可能被选中。要是自己浪费了这个能力，上天岂不会因为"选错人"而失望？那可是违背天意的事情。

与不优先考虑收入丰厚的家访，而是坚持在占卜馆给年轻女性占卜，也一定是因为她想将上天所赐的能力多用于服务社会。简单地说，就是帮助别人。

还没深入思考，话已经从惠的嘴里跑了出来："先生，请收我做徒弟吧。"

"好啊。"

与爽快地答应了。

"不过，我也没有什么可教你的。书要多少借给你多少，你自己读读，学些占卜的知识吧。还有，准不准是一回事，要是被别人指摘而露出破绽的话，那就对生意不利了。"

接下来到大学毕业的近四年间，惠一边给与做助手，一边勤奋学习易学和占星术。她对肉眼不可见事物的预知能力也一点点地增强了。这可能是因为她在跟与一起面对客人，集中精力去看清客人背后影子的过程中得到了锻炼。到了第四年，惠已经能够相当清晰地辨认出笼罩在客人周围的雾霭的形状，也能够在一定程度上解读潜藏其中的迹象了。

"你该自立门户开始占卜了。"

大四那年冬天，与对惠说。

"这怎么行啊！我还……"

惠慌忙摇头。她给与做助手很愉快，但没有自信自负责任地占卜。

而且，与不仅占卜能力出色，她阅历丰富、通晓人情世故的人格魅力也有着超群的说服力。同样的话，从惠这样的女孩嘴里说出来，听上去就不可靠了。

"没问题的，具体怎么做交给真行寺吧。"

惠疑惑地皱了皱眉头。

真行寺巧是面试时那个戴墨镜的男子。后来惠才知道，他是这个"占卜馆"大楼的业主。听与说，他靠租赁大楼、给餐饮店做策划来谋生。才三十出头就能周转巨额资金，极其可疑。泡沫经济最鼎盛的时代，大街小巷充斥着"空间设计师""××策划师""××创意师"等一些奇怪头衔的生意人。

真行寺时常来看望与，顺便送些慰劳品，如千疋屋[1]的水果、虎屋[2]的羊羹、盒装松阪牛肉等。惠也经常会分到一些，她明知不该把他往坏里想，却怎么也抹不去心头的疑惑。

"先生难得有事找我商量啊。"

接到与的电话，真行寺满口答应，在银座的高级意大利餐厅SABATINI di Firenze招待了与和惠。

真行寺中等身材，穿着当时非常流行的阿玛尼宽肩西装，大晚上的，居然戴着墨镜。惠心里笑他傻，但当着与的面，她注意尽量不表现在脸上。

点完菜，等服务员退下，与便直截了当地进入了正题。

"其实我是想请您把玉坂惠作为新人占卜师包装推销出去。她的实力我敢担保，早晚会超越我的。"

1　千疋屋被称作日本最贵的水果店，创业180年只开了11家店，仅贩卖品质超高的水果。

2　虎屋是一家拥有500年历史的和果子制作店，16世纪初成立于京都，后为皇室御用糕点店。1869年日本迁都东京，虎屋保留京都店，并随天皇到东京开店至今。羊羹为其招牌商品。

墨镜上方，探出了真行寺抬起的双眉。

"只是她还年轻，经验不足。靠您的策略帮忙弥补一下，肯定会成功的。"

"先生这么打包票的话，我没有异议。我会竭尽全力包装推销她。"

真行寺朝与行了一礼，然后把脸转向惠，一道凝视的目光从墨镜后面直射向惠。一分钟后，他微微地点了点头，又把脸转向与。

"我们倒不如反过来利用年轻这一点。她长得也不错，包装成童话风格肯定会吸引年轻女孩。"

"是啊。反正交给您了，请多费费心。"

事情就这么简单地定下来了。他们丝毫没考虑过惠的意向，不过，惠当时并未有什么不满。该如何作为占卜师生存下去？惠本人对此没有任何构想，况且，她也没有资格对筹备工作挑剔。

那时，真行寺的占卜馆大楼是占卜师成名的门径。整幢大楼共有五十多位占卜师设有摊位，运营模式与通过人气投票更换连载的漫画杂志相同，营业额低的占卜师将被中断合同，要将场地腾给新来的占卜师。

占卜馆大楼里的占卜师们，其手法各不相同。他们身着个性服装，除了手相、面相、占星术、塔罗牌这些常见的手法以外，还使用水晶球、电子琴、算盘、小烟花、艺术体操、肚皮舞等独特的道具和技艺，努力招揽客人。

"你[1]就用白魔法吧。"

第二天，惠来事务所的时候，收到了这个指示。

"白魔法吗？"

关于白魔法，惠只知道它是一种引导恋爱成功和发财致富的魔法。先不说这个，刚才突然听到真行寺用带有轻蔑语气的"你"称呼自己，惠大为恼火。

"我觉得这跟占卜没什么关系。"

"没事，那种东西，无所谓的。"

真行寺不耐烦地说，然后指了指桌子上一本厚厚的外文书。这本书封面是茶色皮革，字是金色的。

1　日语原文用的是"お前"一词，这个词一般用于上级对下级、长辈对晚辈或关系亲密者的对话中，往往有"不恭""轻蔑"之嫌。

"这叫赫耳墨斯文书，但这本实际上是仿造品。无所谓了。据说这是一个叫赫耳墨斯·特里斯墨吉斯忒斯[1]的男人撰写的关于白魔法的书。你读懂这本文书，用白魔法召唤出精灵，再把精灵的启示传达给客人。我会给你造一个巨大的祭坛，你做好焚香烧火等各种花哨表演的准备。服装已经订购了，设计上既有神秘感又性感。你是与先生推荐的，所以特意为你多花了些钱，你要鼓足干劲好好赚钱啊。"

真行寺一口气说到这里，停顿片刻，从墨镜后面目不转睛地盯着惠。

惠被他的气势震慑住了，后退了一步。

"那本书是拉丁文的吧？我不懂拉丁文。"

"那又怎么了？反正客人也看不懂，没问题。"

---

1 赫耳墨斯·特里斯墨吉斯忒斯（Hermes Trismegistus，意为"三倍伟大的赫耳墨斯"），是希腊神话中的神祇赫耳墨斯和埃及神祇托特的综摄结合。在希腊化的埃及，希腊人将这两位神祇等同。从公元前三世纪到公元二世纪，一系列托名赫耳墨斯·特里斯墨吉斯忒斯的作品被写就，内容包括神学、哲学与占星术、炼金术等一系列神秘主义仪式与法术，被视为西方神秘学的开端。三倍伟大的赫耳墨斯，因此成为西方神秘学所有流派的共通祖师。

　　惠愣住了，竟无言以对。真行寺紧接着说道：

　　"你是白魔法仙子——月光小姐，从今往后，你的言行举止要按照这个标准来。"

　　就这样，惠以"白魔法占卜·月光小姐"的身份在占卜馆出道了。

　　这个策略虽然是真行寺强行推行的，但很成功。惠长相可爱，与"白魔法"正面而神秘的形象完美契合，博得了广泛好评。向客人传达占卜结果时的手势——双手在胸前交叉成 X 字形，也是这个时候设计的。

　　只有营业额排前十名的占卜师才能在占卜馆七楼开设摊位，惠出道后第二年，便搬到了七楼。

　　就在这个时候，仿佛与惠完成交接一般，与突然去世，死因是蛛网膜下腔出血。

　　太过突然了。收到噩耗，惠还是难以置信。与才六十九岁，还不到平均寿命，也没听说过有健康问题。

　　后来惠才了解到，不仅仅是占卜师，包括通灵者、预言家、超能力者在内，拥有神秘能力的人几乎都短命，活不过平均寿命。一般都是能力剧烈消耗后的自然死亡，还有的被卷进某起案件之中而死于非命。或许与是幸运的，她没有成为犯罪的牺牲品，而且因为得的是急病，死前也未遭受痛苦。

话虽如此，突然失去师长的打击是沉重的。而彻底将惠击垮的，则是自己丝毫没能觉察到逼近与的死亡征兆。

竟然连最重要的人的生死都预见不到……

虽然没有血缘关系，但惠对与的信赖胜过对自己的亲生父母。

父母不理解惠身上不可思议的能力，对惠做与的助手一事也不满意，他们认为占卜师是不正经的职业。当然，他们也反对过惠做占卜师，之所以最后未加制止，是因为他们知道这个行业很赚钱。连续干上十年，收入比在一流企业工作到退休还要高。估计他们有这么计算过吧。

惠自出道做占卜师起，便从家里搬了出来，在青山的公寓里开启了独自一人的生活，很少回父母家。

"我去先生的家里收拾收拾，你也来吗？"

惠收到真行寺的邀请，是在与头七结束后。

与生前过着独居生活。参加守夜和葬礼的人几乎都是像真行寺这样同与有工作交情的人，别说家人了，连个亲戚模样的人也没来过。

与在麹町的公寓虽说豪华，但收拾得太过整洁，缺乏生活的气息。先生是不是生前已经做好了随时离世的准备？惠突然想到这里，心里一阵刺痛。

真行寺或许也有同样的想法，他抬起墨镜，用手帕擦拭着眼睛。那一瞬间，惠看到他右眼睑上有一个伤疤一样的疙瘩。

惠慌忙移开视线。她这才明白真行寺从来不摘墨镜的原因，真心觉得自己错了，误解了他。

"先生公证了遗书，指定我来执行。遗书上写着占卜的书都归玉坂惠，所以你全部拿走吧。"

惠默默地低下头，面向真行寺端正了一下坐姿，说道：

"我没能预知到先生的死，没有资格做占卜师。"

"没关系。"

　　真行寺把手帕放回口袋，一改以往的高压态度，说道：

　　"先生也曾说过，占卜师看不到自己身边的事情。爱、欲、贪恋等，情感越浓，就越容易妨碍视野。我想先生也是不知道自己寿命的。"

　　真行寺以更加温和的语气继续说道：

　　"我认为你没预测到先生的死，是因为你从心里尊敬先生。有你这样的徒弟，是先生晚年的福分，我替先生道个谢，感谢你对先生的陪伴。"

　　真行寺朝着惠深深地低下了头。

　　真行寺的一番话让惠有些吃惊，而与逝去的真实感同时也向她袭来，她放声痛哭起来。

　　之后，惠的占卜师之路依然很顺利，工作扩展到了占卜馆以外。她开始为周刊杂志的占卜专栏撰稿，专栏大获好评后，又收到了来自电视台人气节目的演出邀请。刚开始是作为临时嘉宾，接着每周固定出演一次正式嘉宾，主持占卜版块。她的占卜命中率很高，再加上服饰、道具、表现，惠的电视形象深受观众的赏识。

通过电视成名以后，惠收到自己专栏所在周刊的出版社让她撰写单行本[1]的邀请。

"可是，我不会写书……"

惠犹豫了，但出版社没有就此放弃。

"没事的，您大致谈谈占卜就可以了，文章我们来汇总。最后您再帮忙检查下是否有误就行。"

惠被说服了，应承了下来。

撰写单行本的时候，对接的编辑与写周刊专栏时不一样，这次是一个叫中江旬的男人，比虚岁三十三、正值厄年[2]的惠小三岁。

写短篇栏目还行，要写完一本书，可是件苦差事。虽说实际撰写是撰稿人的工作，但书的内容要由惠来决定。

1　单行本，该说法最常用于日本漫画。指同一作品经过连载后，将内容从连载的刊物重印，成为一本单独印行的书籍。

2　所谓厄年，指的是灾祸降临的那一年，源起于平安时代。目前日本人普遍认为，男性 25 岁、42 岁和 61 岁时，女性 19 岁、33 和 37 岁时是"厄年"，又称为"本厄"。"本厄"的前一年和后一年则分别称为"前厄"和"后厄"，统称为"厄三年"。其中男性在 42 岁、女性在 33 岁时的"厄年"被称为"大厄"，即人生中最不安定，最容易出现大灾祸的年份。

中江把惠要讲的内容制定成章节，并提出了一些详细的建议。整个过程，就如同惠按照中江的指示驾车一般。在中江的引导下，书写得很顺利，三个月的工夫，惠的第一部著作《幸福的白魔法》就完成了。

《幸福的白魔法》销量良好，很快，第二本的计划也提上了日程。其间，惠又和中江一起去拜访书店，去外地参加售书宣传活动等，两人忙得不可开交。

为什么会跟中江结婚呢？到现在惠也想不明白。他聪明，有涵养，长得也不错，而且为人挺好，细致体贴。但是，如果只看这些，还有其他符合条件的男人。

或许是因为长时间待在一起的缘故吧，并肩著书的过程中，两人之间产生了一体感。书完成后，他们又出双入对地赴各地宣传。好像就是在这个过程中，培养出了亲密与信赖感。

不，最主要的原因是惠当时正处于厄年。一个人独自生活久了，便萌生了依恋他人的向往。唯一的依靠与先生也已离世，于是惠就中了那种男人的圈套。

二人的婚事并没有公开。除了因为真行寺强烈反对说"公开对人气不利"之外，惠自己也心怀畏惧，担心"结婚会导致能力衰退"。

婚后不久，中江从出版社辞职，做起了惠的经纪人，负责管理日程、交涉演出费。

同一时期，惠在真行寺的推荐下，雇了一个名叫舞原礼文的二十岁新人占卜师做助手。真行寺介绍说："这个女孩没什么才能，但是长相可爱，可以活跃气氛。"惠工作越来越忙，于是便雇了她，让她帮忙处理杂务。

结婚后第七年出了问题。

某旅游胜地的一家酒店深夜起火，致使两名房客死亡。这两名房客正是中江和舞原。两人以夫妻名义同宿一室，酒醉酣睡，没来得及逃出去，被大火夺去了生命。遇难时，舞原已有三个月的身孕。

丈夫跟妻子的助手搞外遇，又死于非命。这种情况，通常人们会对妻子深表同情，然而惠却受到了人们的猛烈攻击。

"占卜师竟然连自己老公有外遇都看不出来？"

"占卜师连老公会遇火灾死掉的事情都不知道？"

"占卜师竟然没发现助手是小三？"

在惠来看，"正因为是占卜师，所以才发现不了"。但是人们不依不饶，结果，"那种垃圾占卜师说的话不靠谱"之类的意见占了绝大多数。

惠丢掉了电视台嘉宾节目和周刊杂志专栏的工作，甚至不得不从占卜馆搬了出去。

后来惠才知道，中江股票投资失败，损失惨重，连惠的公寓都拿去抵押了。惠信任中江，将资产管理运作的事全权委托给了他，可她做梦都没有想到竟然会落到这般境地。

正所谓祸不单行、四面楚歌。那么多糟糕透顶的事情一下子蜂拥而至，沉重的打击让惠筋疲力尽、志气全无，连眼泪都哭不出来了。

不可思议的是，唯有真行寺巧没有站到攻击惠的那一边。

"先去国外躲躲吧。别担心，等事态平息下来，我会想别的推销办法。"

"我做不了占卜了。"

惠无力地垂下头。接到中江的讣闻后，上天所赐的能力便不知道去哪里了。现在她什么也看不到。

"我感觉那个能力再也回不来了。"

"现在下结论还为时过早。"

惠终于抬起头，露出了一丝笑容。

"真行寺先生，我已经没用了。人气和信用全没了，占卜能力也消失了，利用价值为零。跟我有瓜葛的话，可没什么好果子吃哦。"

真行寺沉默着思考了一会儿，然后抬起头，斩钉截铁地说道：

"尾局与先生生前非常关照我，我能有今天，都是幸亏有先生的帮助。可是，还没等我还回恩情的万分之一，先生就去世了。先生在遗书里写让我替她照顾玉坂惠，要是我现在不管你了，就违背了先生的遗志。我可绝对做不到。"

真行寺把手放在惠的双肩上。

"总之，你暂且静养一段时间，以后的事情以后再想。我一定会帮你重整旗鼓，别担心。我要说的就这些。"

真行寺从西装口袋里掏出一个茶色信封放在惠面前，便起身离开了。信封里装着一百张一万日元的钞票。

惠毕恭毕敬地双手接过信封，朝着真行寺离去的门口方向深深地鞠了一躬。

惠拿着真行寺给的钱，在国外待了一个月左右。只要物价低、气候温暖，去哪个国家都可以。

回到日本后，她便着手寻找新居。因为她被要求从现在的公寓搬出去。

在四谷看完房子回家的路上，惠走进了新道街。她在这儿又没有熟悉的店，为什么会来这里呢？只能说是惠受到了召唤吧。

大街的尽头，有一家挂着"美咕咪食堂"招牌的小店。这也太巧了吧，这个店名竟然跟自己的名字读音一样[1]。惠这样想着，推开开关不严的店门，走了进去。L字形吧台里面，关东煮正冒着热气，一位矮小的老太太

---

[1] 日语店名为"めぐみ"，读作"megumi"，与"惠"的日语读音相同。

弓着腰寒暄道：

"欢迎光临！"

时间还早，只有惠一个客人。惠点了一壶烫酒、三样关东煮。

老太太的形象与关东煮店老板娘的身份十分相称，她身着朴素的和服，上面套着罩衫，一头漂亮的白发，笑容温柔可亲。

关东煮味道清淡，带有木鱼花高汤的味道。烫酒一路温暖着食道落到胃里，惠感觉整个身心都渐渐地暖和起来。

惠环顾店里，也许应该说是有许多年头了吧，这家店里的柱子和墙壁都很陈旧，但别有一番韵味。

"您的店真有历史感啊。是从什么时候开始的？"

"东京奥运会的时候开店的[1]。"

"啊，开了好长时间啊。"

"不过，今天是最后一天。"

---

1 指 1964 年举办的东京奥运会。

"欸？"

"没有人继承，我今年也八十八了……"

惠不知不觉地向前探了探身子。

"要卖掉吗？"

"嗯，我委托了中介。能找到买家就好了，可是这家店实在太旧了，也可能……"

"我买！"

老板娘吃了一惊，嘴巴张得大大的。

惠也被自己的话吓了一跳。她没有经营餐饮店的经验，也从未想过做这一行。但是，话一旦说了出去，她不想撤回。

"请告诉我是哪家中介，明天我就去签约。"

走出店门，惠打电话向真行寺汇报。

"关东煮店？"

"是的，店名叫'美咕咪食堂'。我想买下这家店，开关东煮店。"

"可以呀。"

真行寺一口答应了，他的反应让惠感觉有些意外。

“其实，与先生家是开关东煮店的。”

“啊？！”

惠完全是第一次听说。

“先生做占卜师之前一直在老家的店里帮忙。你说要开始开关东煮店，这肯定是什么缘分啊。”

放下电话听筒，惠感觉到身上涌起一股久违的紧张感。

“美咕咪食堂”……跟这家店邂逅，一定是先生的指引。

惠想起自己消失了的能力，那个能力是不是再也回不来了？

真那样的话，也没办法。必须开启新的生存方式，不能依赖上天赐予的特异功能，而要提升自己现有的能力，再次成为对别人有帮助的人。

那一天，白魔法占卜·月光小姐“死”了，重生为美咕咪食堂的老板娘。

“我以前就觉得不可思议，你为什么想开关东煮店？”

由利的话把惠从回忆的思绪里拉了回来。

"占卜师和关东煮店差太远了啊。有经验的话倒是能理解，可是餐饮行业你是第一次干吧？"

"我也不太明白。"

惠喜欢吃美食，但没有特别学过做菜，对她来说，关东煮店完全是从零开始的外行生意。

"只是，跨进这个店门的时候，让我有种怀念感。好像回到了遥远的家乡……"

"就像上天启示一样突然灵光闪现的感觉吧？"

"这个嘛，我也说不清。"

惠苦笑了一下。

"可能只是因为看到马上要迎来八十八岁寿辰的老太太一个人在做，觉得自己也能行。毕竟，那时我比现在年轻多了……跟由利差不多的年龄。"

"那也是很有勇气的啊。我现在这个年龄，根本没有勇气换工作。"

那时，惠失去了曾经构建起来的一切——金钱、地位、名声。也许正因为这样，惠才不受过去的束缚，来了个破釜沉舟的转变。

"不过，现在想想，开关东煮店真是开对了。要是其他店的话，像居酒屋、小饭馆、咖啡店之类的，估计都坚持不下来。"

关东煮基本上就是火锅料理，锅里加上高汤和材料，然后煮就行了。材料也都能在关东煮材料店买到，外行不用非得从头——准备，用市面上买来的材料，足以做出像样的味道来。

"所以，刚开始不像现在这样，没有时令海鲜和蔬菜。小菜也不是自己做的，而是从批发超市买来的，真是太偷工减料了。"

"我怎么有点儿不相信呢。我一直以为老板娘本来做菜就很拿手呢。"

"完全是临时抱佛脚哦。店开业后学这学那的，还向客人请教了不少。关东煮的高汤里放鸡架，是从第二年才开始的。那也是我听了客人的建议后，感觉味道应该不错，就尝试着做了。"

"那样虚心采纳客人的意见不是挺好的嘛。现在店里的菜品味道很棒。"

"可能是得益于自己作为外行，没有什么奇怪的自尊心。相反，甚至有时候我还挺无所畏惧的。"

那段时间，惠常常想：

是不是因为自己失去了特异功能，上天就以这个美咕咪食堂取而代之了呢……

果真如此的话，那就更应该珍惜这家店了。就像自己曾经通过占卜帮助过别人一样，我也要诚心诚意地努力帮助来店的客人们。

被诅咒的野菜

持续多日寒冷彻骨，但是女儿节[1]一过，人们的心情便春意盎然起来。

"晚上好！"

声音爽朗打着招呼走进来的是见延晋平。他是理疗师，在离新道街很近的三荣町的综合医院上班。说是今年三十一了，但外表看上去更年轻一些。

"有特色菜吗？"

还有其他空座，但他偏爱吧台最边上的那个位置。他光顾美咕咪食堂应该有三年了。

"有啊，最后一只鸡架了。"

"差一点儿没赶上啊。来杯柠檬碳酸酒。"

晋平喜欢有气的酒，一般喝啤酒或柠檬碳酸酒。

惠接手美咕咪食堂时还没有意识到，四谷这一带

1　日本的女儿节是三月三日。这一天，有女儿的家庭在家里摆设人偶等饰物，供奉菱形年糕、白酒、桃花等，用以祈求女儿幸福茁壮地成长。

地段很好。这里除了一般的企业，还有医院和学校，聚集了各行各业的人。而且没有新宿和涩谷那么大，所以秩序井然，办公街和商业街相得益彰。

因此，来店的客人当中各个年龄层都有，有晋平和吉本千波这样的年轻人，也有千千石茅子那样五十多岁的中年人。

"今天有短爪章鱼哦，吃吗？"

"嗯！"

嗫着鸡架骨，晋平高兴地回答。

春季，正值时令季节的小个儿章鱼肚子里，装着满满的饭粒大小的子。把它们放进关东煮高汤里稍微一煮，就可以享受到美味的甘甜、柔软的口感以及章鱼子的嚼头。

"然后再来块油炸豆腐、魔芋、鱼丸、土豆，还有鸡蛋。"

晋平就着柠檬碳酸酒，将鸡架的油脂冲下了肚，然后递出酒杯，请惠再斟一杯。

"乌贼和章鱼的子咯吱咯吱的，很有嚼头吧？口感跟鱼子完全不一样。"

晋平把滴上一点点酱油的短爪章鱼放进嘴里，重新注视着开口处的子，说道：

"是啊。短爪章鱼的子真的跟饭粒似的。对了，口感跟银鱼子有点像呢。"

他想起以前吃带子的银鱼干时，因其不同于普通鱼子的口感而感到震惊。

"哎，老板娘，你知道金泽关东煮吗？"

"哦，有蟹面和车麸¹吧？"

"你果然知道啊。"

晋平高兴地说。

"老板娘这里不想做蟹面吗？肯定会火的。做成冬天的季节限定菜。"

"嗯，这个嘛……"

"前几天我在电视上看到，感觉很好吃的样子。这

---

1 蟹面和车麸是金泽关东煮的特色食材。车麸类似烤面筋，面粉用棒卷起烧烤而成；蟹面选用价格昂贵的名蟹，先将蟹拆开，再将蟹肉、蟹黄、蟹膏、蟹子和蟹腿里的肉全都挑出来混在一起后，填入蟹壳中。

里有长枪乌贼、短爪章鱼、葱段金枪鱼，鱼贝类菜品丰富，我觉得很适合再出个蟹面。"

"不过，还有定价的问题。"

蟹面是在叫作香箱蟹的雌性小只帝王蟹的蟹壳里，塞满蟹肉、蟹黄、蟹膏和蟹子，蒸熟后再在关东煮汤底里稍微一煮，即成一道菜品。据说金泽的关东煮里就有。

但是这道菜做起来费事，螃蟹又价格不菲。东京的店里来这么一份得一千五百到两千日元。与美咕咪食堂其他菜品相比，价格高得离谱，不知道会不会有客人点……

"有了蟹面，我天天来。"

"做不了，做不了。"

惠笑着，手在自己脸前摆了摆。

"螃蟹其实很肥的。偶尔吃还可以，总是吃的话会腻哦。"

"会吗？"

晋平独自一人住在江东区大岛的公寓里。早上先乘坐都营新宿线到市之谷，然后换乘东京地铁南北线坐一站，回程路线相反。上下班所需时间三十分钟左右，很方便。他每周都来店三次就是因为这个缘故吧。第一次他是跟同事一起来的，同事住在板桥区的高岛平，一个月只来店里一次。

"老板娘说得对，螃蟹很容易吃腻的。"

坐在中间座位上的吉本千波单手拿着盛着樽酒的酒杯，毫不顾忌地说道。

"我爸年终收到了福井县的人送来的螃蟹，五只越前蟹[1]，家人每人一只。不巧我哥哥和嫂子旅游去了，就我和父母三个人吃，结果吃了一半就吃不下了。特别是蟹黄，太浓重了。从那之后的很长一段时间里，螃蟹我连看都不想看。"

"真叫人羡慕，太奢侈了。"

"啊，穗香是石川县的吧？那里螃蟹不是很多吗？"

"我老家是山区，只见过有人来卖煮螃蟹……所以蟹面什么的，我从来都没吃过。"

1　福井县的越前蟹是日本料理顶级食材之一，过去作为贡品供皇室享用。

回话的是小暮穗香，三十来岁的女性，在吉本美容整形外科医院负责医疗事务工作。她跟在父亲所经营医院的挂号处打工的千波是同事，两人一起来过店里好几次。穗香是个气质清秀的美女，做事很内敛。千波可能就是喜欢她这一点。

"就算是同一个县，海边和山区也相差很大啊。我有个新潟同事的老家是津南町，他说自己来东京之前都不知道赤鲹。"

婉转地接过话头的是茅子。她是一名资深派遣员工，长期供职于百货店，总是能给周围人创造融洽和谐的氛围，这归功于她的人品和作为年长者的丰富经验。

"我特别讨厌野菜，吃腻了。"

今天的小菜是拌蕨菜，怪不得穗香没动过筷子。惠立刻将油炸豆腐盛在小碟子里，说了声"请用这个"，把蕨菜换了下来。

"不好意思，谢谢。"

穗香点了下头。

"我老家是烧津[1]，因为鱼每天都吃，所以说起好吃的，可不是什么刚钓上来的鱼，而是肉，澳大利亚牛肉的寿喜锅[2]或者涮牛肉。"

在茅子的助力下，女客人之间的对话开始热闹起来了。

"来份白萝卜、鱼饼炸鸡蛋、牛筋、葱段金枪鱼，再来一杯柠檬碳酸酒。"

晋平加快了速度，默不作声地吃着。虽说他不是那种喜欢跟店里其他客人打招呼的类型，但是比起一个人在家里看着电视吃晚饭，在现场一边观察别人一边吃更开心。

"茅子，你家女儿去的那家婚姻介绍所感觉怎么样啊？"

"咦？千波你不是已经入会了吗？"

千波不是早就加入那个女士会费比男士高的"专供

---

1 烧津市是日本静冈县中部的一座城市，主要产业为远洋渔业和水产加工业，是一座海鲜美食之城。

2 寿喜锅是一道日本料理，专指用生鸡蛋蘸甜酱油牛肉的日式火锅。

成功人士婚姻介绍所"了吗？

"不，不是我问。"

千波连忙摇摇头，眼神示意了一下旁边的穗香。

"那个，我没有什么特别想问的。"

穗香不知所措地动了下身子。

"不过，要想结婚的话，还是参加婚活派对比去联谊更好，参加的人都是真正想结婚的。联谊的话，大部分人都是去玩儿的，浪费时间。"

"小暮，你已经在考虑结婚了吗？"

茅子郑重其事地问。

"嗯。我也是去年过了三十大关，下决心的话就只有现在了。以后条件一年比一年差。"

穗香也表情认真地回答道。

"我觉得加入婚姻介绍所是个明智的选择。像小暮这样，本身就怀着强烈的愿望去参加婚活的话，肯定会成功的。更何况小暮长得又漂亮，绝对没问题。"

茅子这么一下断言，让人感到很踏实。感觉她要是做婚姻介绍所的红娘，也会做得很出色。

"强烈的愿望，怎样才算？"

千波诧异地皱了皱眉头。

"一定要结婚，一定要找到对象，就是这样的愿望啊。结婚这个目标不动摇的话，剩下的只有条件的问题了。能接受什么，不能接受什么，只要自己理清条件，对象自然就能找到。"

"哎？真是那样吗？"

穗香和惠都不由自主地点头赞成，只有千波不满地噘着嘴。

"千波，那是因为你条件太优越了。"

茅子婉转地说道。

"年轻，父母健在，家里排行老小，受大家宠爱。想找个能保证让自己过得比现在还幸福的男士，那可比登天还难哦。"

"没有的事。怎么说我也是离过一次婚的人了，还是会有点自卑。"

"可是，你一定不想为了结婚而去忍耐什么吧？"

千波不作声，微微地歪了下头。不过，这根本连想也不用想。生为日本屈指可数的美容整形外科医院的千金，生活在父母溺爱和巨额财富的庇护下，需要忍耐的不是自己，应该是对方。这样的生活持续已久，已成为她的一种生活习惯，不可能轻易改变。

"要有所获得，必须先有所舍弃才行哦。不舍弃单身时代的自由，幸福的婚姻是经营不来的。"

惠叹着气诉说道。即使这么说，现在的千波也难以理解吧。这么想着，惠的叹气声自然就变得更沉重了。

以前，惠做过多次给即将结婚的演艺界同行情侣占卜未来的工作，结论几乎都是几年后将会关系破裂。当然，实话是绝对没法说的，只能适当地含糊其词，每次惠都会冒一身冷汗。如果一方（一般都是妻子）退出演艺界，转变为辅助另一方的角色，家庭通常都会美满。然而，一旦复出，离两人离婚就不远了。一个家庭只能住下一颗明星，两颗星不共戴天。

"老板娘，再来杯樽酒。"

千波爽朗地说。

"不好意思问一句，大家都加入婚姻介绍所了吗？"

晋平拘谨地问道。

三个女客人一齐转向发出这个声音的主人，高个子、偏瘦、自然和善的容貌、知性的气质……晋平的外观让三个女人瞬间放松了警惕。这些惠都看在了眼里。

"对不起，突然跟你们打招呼。"

"晋平君也打算开始婚活了？"

"不，不是我。"

被惠这么一问，晋平难为情地摇了摇头。

"我有个病人想再婚。"

"婚姻介绍所也有各种各样的哦。那位想找什么样的对象？"

问话的是茅子，她为了帮女儿参加婚活，跑了好几家婚姻介绍所，掌握丰富信息。

"嗯，还是想找位性格好的女士。还有，他想要对方照顾自己的晚年，所以希望对方健康、年轻一些……"

晋平好像突然想起了什么，依次看了看三人。

"对了，婚姻介绍所有入会年龄限制吗？"

千波疑惑地皱了皱眉头。

"那位先生多大年龄了？"

"七十。"

三个女客人不约而同地愣住了，半张着嘴巴，发出不满的叹息声。

"怎么这样！"

千波代表大家喊出这么一句。没等她骂出"难以置信""不要脸"之类的话，茅子平静地接过了话茬。

"如果是那个年龄的话，有面向中老年人的婚姻介绍所，去那里最容易找到合适的。"

"噢，我也是这么想的，但他本人想找比自己年轻的女性。他实际年龄七十岁，但是体力充沛，看上去要年轻得多。"

听到这里，惠心生疑问。

"为什么晋平君要帮忙操心这件事呢？"

"他是遭遇交通事故后来医院康复训练时，我们认识的。他在坐租赁专车时被撞了……右腿和肋骨骨折，不过恢复得很顺利，也没有留下后遗症。"

女人们依然表情疑惑，于是晋平补充道：

"其实，坦率地说，他是个大款，好像在东京都内的黄金地带有好几栋租赁大楼。来我们医院，住的也是特需病房，每天都会有家政阿姨和秘书模样的人来探望。"

终于，所有疑团都解开了，女人们相互点了点头。

"说到底，男人还是喜欢年轻女孩啊。"

"只要有钱，就能娶到年轻的后妻。"

"特朗普的老婆不也比他小二十五岁左右吗？"

这些话背后透露出了一种批判："这种真是令人讨厌啊！"虽说不是针对晋平本人，但他还是不好意思地稍稍缩了缩脖子。

惠不由得同情起晋平。不管女人多么厌恶，有钱的男人想要的东西大体上都是一样的：美女、豪宅和勋章。已故恩师尾局与先生家访的老人们就是很好的例证，因为他们都拥有这三样。

惠像是调和气氛似的和千波说：

"哎，千波，你去的婚姻介绍所怎么样？要求男会员是成功人士吧？正好啊。"

"这个嘛……"

千波用筷子掰着萝卜，视线飘忽不定。

"也许可以，应该没有年龄限制。"

"晋平，男的是成功人士，女的是美女，这种条件的介绍所怎么样？虽然入会费很贵，但是会员个顶个的好。"

"那很好啊。明天我告诉若狭先生。啊，对了，那位姓若狭。"

晋平如释重负似的回答道。

"那家介绍所名叫'Tiny Square'，网上一搜就出来了。"

"好的，谢谢。"

千波转向穗香和茅子，又皱起了眉头。

"我问你们，对方如果有钱的话，他七十岁你们也愿意结婚？"

穗香吞吞吐吐，茅子则微笑着说道：

"先不说有没有钱，我这个年龄段的女人结婚对象找七八十岁的，很常见哦。"

“真的吗？”

“因为这种年纪的男人找老婆，都希望对方还能充当护工的作用照顾他们呀。”

“原来是这样，这让我有些吃惊。”

千波同情地看着茅子。

“茅子，也有人给你介绍过老头吗？”

“我不想再婚。”

“那你女儿跟老头结婚可以吗？”

茅子苦笑了一下。

“他们本人要是互相喜欢的话，也没办法啊。”

“不，我说的是相亲。”

茅子稍稍歪了下头，手指放在了额头上。

“这个嘛……”

“还是不愿意吧？”

“很为难啊。我是希望她能跟般配的人走到一起，可又不想让她因为钱的问题受苦。”

“有财产，能保证自己生活安乐的话，我觉得也不是不可以。”

穗香干脆地说。

"穗香，对方七十多岁也可以吗？"

"讨厌的人当然是不行的，有好感的人倒是可以。"

"不行，不行，我绝对接受不了。"

惠看着像撒娇的孩子一般一遍遍重复的千波，心生几分苦涩。要有所获得就必须先有所舍弃，这种心情，千波什么时候也能亲身体会到呢？

"我把在这里听说的婚姻介绍所告诉我的病人了，他很高兴。"

两天后，晋平出现在美咕咪食堂，没等惠问，他就汇报了。店里这时还不见千波她们的踪影。

"是吗？能找到合适的就好了。"

"嗯，来杯生啤。有短爪章鱼吗？"

"有，有。今天还有萤鱿，现在正是吃萤鱿的好时候。"

萤鱿不是关东煮，是做成生鱼片后蘸着芥末醋味噌来吃。

"两个都要！"

晋平往喉咙里灌下一口啤酒，将从富山湾里打捞上来的萤鱿送进嘴里。

"啊，好吃。味道好浓啊……"

他环顾了一下周围，压低声音说道：

"前几天那个女孩也没道理说别人吧。加入成功人士限定的婚姻介绍所，她自己的目的不也是找个金主吗？这跟成功人士想和年轻美女结婚比起来，不是五十步笑百步嘛。"

"晋平君，你是不是也该开始找对象了？男人也一样，过了四十，条件就不好了哦。"

"跟我妈说的一样。"

晋平吃光了萤鱿，用筷子夹起短爪章鱼。

"我倒不是真担心你。像你这个条件，想找的话，肯定有的是。"

"我有那么帅吗？"

惠默默地微笑着。

晋平外表不错，理疗师这个职业更是有吸引力。正式员工不愁吃不上饭，作为专业技术人员，工作又体面。要是在婚姻介绍所注册的话，对象还不是随便挑？

女性已经不再期求结婚对象"三高"[1]了，现在提得最多的条件，据说是要"正式员工"。非正式员工的已婚男都属于少数。世道如此，日子不好过了……

"晚上好。"

左近由利进来了。

"晚上好。今天真早啊。"

"嗯，偶尔也要早点回去。"

由利扫了一眼晋平的盘子。

"哎，特色菜还有吗？"

"有啊。还有萤鱿生鱼片和短爪章鱼。"

"哇，太好了。再来壶酒，温的。"

由利利索地脱掉外套，挂在椅背上，然后用湿巾擦了擦手。

惠一边温着酒，一边凝视着由利。

1　指高学历、高收入、高个子。

前几天看到的那个影子到底是怎么回事呢？

可是今天什么也看不到。是消失了吗？还是说，什么时候会再出现？

"怎么了，老板娘？一直盯着我。"

"对不起，对不起。"

惠将配好芥末醋味噌的萤鱿、短爪章鱼和鸡架放到了吧台上。

"总感觉你今天有点不一样，比平时看上去温柔。"

"啊，是吗？可能是因为换了眼妆？"

由利把手放在了脸颊上。这么一说，她的妆容好像是有点变化。

"听了美发师朋友的建议，我把棕色系换成蓝色系了。"

"噢噢。"

惠伸着脖子，脸凑近由利看了看。由利平时妆容素淡，今天也丝毫没有花哨的感觉。

"听说年龄大了，眼白就会变黄。画上蓝色系的眼线，能让眼白看上去漂亮一些。"

"这么说来，确实感觉你眼睛周围比平时明亮。"

"太好了！"由利轻轻地拍了拍手。

"真没想到，我一直以为蓝色系眼妆只适合年轻人。"

"是吧？我也很意外。"

由利欢快地说着，嘬起了鸡架。

"衣服和发型要根据年龄变换，但是化妆方面可以跟二十几岁的时候一样。真是学习了啊。"

由利的话让惠想起了"月光小姐"时代的妆容。那时，惠还在眼角的痣上贴过一个金色的星形贴纸……

惠又将注意力回到由利身上。小小的妆容变化就能让一个女人笑得如此灿烂，这绝不是什么无聊的事。能够从一丁点儿变化中感受到幸福，这也许就是一种宝贵的能力。

"千波又找到了新的婚活对象哦。"

"哦？是吗？"

"是她爸爸医院的事务员。"

"在那个美女和成功人士的介绍所找的？"

"不是，是茅子介绍的，很靠谱。"

"那样的话，可以接受。"

"千波也很靠谱呀。长得漂亮，态度诚恳，他俩应该很快就能定下来了吧。"

由利低着头，跟鸡架搏斗着。

惠想起了穗香说的话。

"女人过了三十大关，条件一年比一年差。"

那么，已过四十的由利怎么样呢？的确，她是一位优秀的职场女性，工作可能就是她的人生价值所在。然而，她总有退休的那一天。离开了工作，不会觉得一个人的生活很孤独吗？

虽说如此，但是婚姻也未必意味着幸福。实际上，惠人生中最大的失败就是跟中江旬结婚。和中江的婚姻，使惠比结婚前还要孤独，因为中江背着她花光了财产，又与助手搞外遇。有时候，两个人在一起比独自一个人还要感到孤独。

"老板娘，埋单。"

晋平的声音把惠拉回了现实。

"好嘞，谢谢。"

一到四月，春意盎然。大街上的过往行人都脱掉了大衣，樱花名胜挤满了赏花游客，连日来热闹非凡。

惠一直惦记着小暮穗香的婚活进展。穗香是每周都会来一次美咕咪食堂的常客，惠自然希望她能够收获幸福。还有一个原因，像穗香这类日本平均水平的女性——长得虽比一般人要漂亮，但没什么钱，又不是事业女性，在婚姻介绍所会遇到什么样的人呢？惠对此很感兴趣。说白了，就是出于八卦心理。

"晚上好。"

那天晚上，穗香一出现在店里，惠的好奇心立刻膨胀了起来。

"来杯啤酒。再来份白萝卜、魔芋、海带、葱段金枪鱼、牛筋。"

"有什么好事呀？你脸上写着呢。"

"哇，讨厌。"

穗香两手放在脸颊上，当啤酒杯放到了眼前时，她立刻拿起来，美滋滋地一口气喝掉三分之一。

"我猜猜吧？在入会的介绍所里找到了满意的人。"

惠好像猜对了。正低着头用筷子掰白萝卜的穗香，嘴角露出一丝微笑。

上个月，穗香告诉惠，她加入了一家在日本全国打过广告的大型婚姻介绍所。

"有几位自称婚姻咨询顾问的人负责我的事情，刚开始让我写下简历和条件要求……"

提交材料后，他们在电脑上检索，搜寻双方条件匹配的会员。然后，婚姻咨询顾问会提供一份候选人的材料，如果里面有中意的，可以先电话聊一聊。

"咨询顾问也会坐在旁边。为了避免谈话进行不下去，顾问会提供一些建议。"

"那不就是网络相亲嘛。"

"是的，差不多。要是觉得还行，下次就可以直接见面。"

直接见面后，互相满意的话，就可以发展到交往阶段。不久之后，就会有好几对情侣步入婚姻殿堂。

"集体相亲套餐有各式各样的，除了一般的婚活派对以外，还有千叶罗德海洋队[1]应援旅行、高尾山徒步、荞麦面制作体验、陶器制作体验，还有园艺爱好者、铁路爱好者的旅行团。"

"多好啊。双方志趣相投的话，能说上话来。"

"我对园艺有点兴趣。"

她们这番对话是半个月前的事了。

"是在园艺爱好者聚会上认识的？"

穗香喜悦而又羞涩地摇摇头。

"是通过普通的一对一套餐认识的。对方通过材料审核后成为候选人，我们在网上聊了一段时间，对方提出想两人单独见个面。"

"是什么样的人啊？"

"三十二岁的警察。"

"哇，多好啊，公务员！"

"不过，见面之前还不好说。"

嘴上虽这么说，但穗香的心意看上去确实已经向

1　日本职棒太平洋联盟的一支知名球队。

对方靠近了。对方这条件没得说。

"然后就看彼此对不对脾气了。"

穗香喝光了啤酒，又点了壶烫酒。

"关东煮，再来份牛筋和葱段金枪鱼，还有……土豆和鸡蛋，再加个鱼肉山芋饼。"

"茅子说过，介绍所里能走到一起的情侣，结婚速度都很快。"

惠往新的盘子里盛上关东煮说道。

"说是交往三个月左右，婚事就能定下来了。交往半年还没具体谈婚论嫁，一般是成不了的。"

"咨询顾问也说过类似的话，让我确立'入会一年内结婚'的目标。听说成了的情侣里有 65% 是入会不到一年的会员。"

这个数据是依据两万多会员的实际情况得出的，具有可靠性。

"'事成的情侣进展快'，关于结婚好像有这样一个法则。"

穗香嘴里塞满了热土豆，呼呼地吐着气，点了点头。

一周后，穗香和千波一起来到了美咕咪食堂。七点已过，吧台上已经坐了七位常客，于是两人在晋平和茅子中间坐下了。

"欢迎光临。来杯啤酒吗？"

"嗯，两杯生啤。"

"今天牛筋不多，先来一份吗？"

"好的，谢谢。"

只有千波一个人点单，穗香看上去明显没有精神。她周日应该已经跟三十二岁的警察约会过了，想来若是约会顺顺利利地结束，现在正是幸福感满满、两眼放光的时候。

"穗香，约会怎么样啊？"

保持沉默的话也显得不自然，惠索性半开玩笑地问了一声。

穗香丧气地摇了摇头。

"不是你喜欢的类型吗？"

"唉……"

穗香吞吞吐吐地叹了一口气。千波替她开了口：

"实在是很可惜，那人狐臭太厉害了。"

"哦……"

"他并没什么过错。体贴周到，人不错。但是……电影院里我坐在他旁边的时候，感觉越来越不舒服……那味道实在受不了。"

惠和茅子都找不到合适的话，两人面面相觑。

不小心听到这些对话的晋平，尴尬地动了动身子，装作没听见。

"这个嘛，也没办法。"

姜还是老的辣，茅子第一个回应了。

"生理方面的问题，不是忍受不忍受的问题。"

"我也这么觉得。"

惠表示赞同。千波问道：

"哎，那他本人意识到这个问题了吗？"

"嗯……谁知道呢。"

穗香扭过头，像是在寻求答案似的看着惠。

"本人要是没意识到的话，那就更可怜了。这种事情，旁人不太好说。如果上司提醒的话，现在这世道，都可能会被当作职权骚扰。"

"我觉得父母也有责任。"

茅子的话令人出乎意料。

"旁人不好提醒，又是对本人不利的缺陷，父母应该提醒他一下。父母和孩子，不就是为此而存在的吗？"

"的确，这种事情，不是父母确实不容易说出口。"

千波佩服地眨了眨眼睛。

"听说狐臭可以通过手术改善。那样的话，父母就可以在儿子长到结婚年龄之前，让他接受手术治疗，这跟牙齿矫正是一个道理。"

"生理方面的事情，真是很麻烦。虽然本人道理上并没有错，但确确实实给周围的人带来了不快的感觉。"

惠不由得陷入了沉思。

不坏，但让人不快。还有比这更麻烦的事情吗？狐臭和口臭不会受到公开责备，但在背地里会被骂得很惨。还是如茅子所说，父母不首当其冲地对孩子负责任，这可能就是麻烦的根源。

"父母有作为制造者的责任。"

茅子罕见地以坚决的语气继续说道。

"以前有档电视节目，观众到电视上公开自己对容貌的自卑，然后接受美容整形。记得吧?"

那档节目播出期间，正是惠作为当红占卜师最忙的时候，没有闲暇看电视。千波和穗香都知道这节目，异口同声地喊道:"BEAUTY STADIUM！"

"我看那个好几次都觉得，父母要是在孩子小时候采取恰当的医疗措施的话，就不会发展到那种地步。孩子本来就没法选择父母，每次看我都很气愤。"

"茅子你真是爱孩子啊。"

惠打心眼里佩服茅子。茅子连女儿的婚活都要插手，因此以前惠就知道她非常关心孩子，但是今天才发现，这是她发自内心的母性。

"不过穗香，你没必要失望哦。这才是第一个呢，以后好的对象会一个接一个出现的。"

千波突然转换了话题。

"对，对，下次去参加园艺派对呗?"

"园艺?"

茅子这么一问，穗香接过话来：

"介绍所的一个派对。我是农村来的，喜欢摆弄土。"

"这个爱好不错哦。"

茅子的语气平和了下来。

"哎、哎，来介绍所了哦，传说中的七十岁！"

黄金周过后的周一晚上，千波一进店门，就按捺不住兴奋地说道。话说完后，她连忙看看吧台，确认晋平不在，于是放心地坐到了椅子上。

坐在旁边的由利手拿着烫酒用的酒壶，抬起一边眉毛，看了千波一眼。

"啊，想找花瓶妻子的那个有钱老头啊。"

由利往酒杯里斟着酒，嘲讽地歪了歪嘴。

"怎么样？"

由利询问的眼神里充满着好奇，惠也不由得凑了过来。

"他很厉害哦，据说在银座有五幢大楼，资产有五十亿！"

惠和由利都目瞪口呆，张大的嘴巴半天没合上。

"简直是日本特朗普啊。"

老头结过两次婚，第一任妻子二十年前因病去世了，第二年再婚的妻子不到两年就离婚了。他有两个孩子，都已独立。

"嗯，这是很常见的经历吧。"

千波喘了口气，点了生啤和关东煮。

"长得怎么样？"

由利马不停蹄继续问道。

"看上去比实际年龄年轻，不过满头白发。"

据说，照片上看感觉衣品也不错。

"不过，我那个介绍所里有形象设计师，只要听设计师的，谁的品位都不会差。"

"女会员什么反应？"

"已经有几个人贴上去了呢。"

由利唆似的甩出一句：

"就当找个饭后谈资，你跟他见个面呗？"

千波明显露出不快。

"才不呢。根本就不是我的菜。"

"不是说了嘛，就是为了找个饭后谈资啊。这种很难遇到的类型，你跟他见一次面又不会损失什么嘛。"

"要不由利你跟他约会呗。"

"不行，不行。那种老头，绝对专挑年轻女孩。"

"由利，你在七十岁的眼里也是个小姑娘哦。"

"以前有个老头招募再婚对象时，说过'四五十岁的老太太就行'这种话。男人只要有几个钱，就不知道自己姓什么了。更何况有五十亿呢。"

"不要脸。"

这时，茅子和晋平进来了。

"欢迎光临。今天一起来的啊？"

"门口碰上的。"

两人轻轻地点点头，然后茅子坐到千波的旁边，晋平在吧台边上的位子坐下了。

"刚刚提到晋平的病人了呢。"

"若狭先生吧？他现在已经不是病人了。"

"据说他很受关注哦，好像已经有女候选人了。"

"是吗？嗯，能成就好了。"

惠的眼前依稀浮现出以前跟随与一起去家访占卜的客户。他们都是有钱的老人，总是很在意自己的健康，准确地说，是很害怕生病。想到这里，惠觉得他们找年轻的妻子也挺好。

"欢迎光临！"

第二周，穗香身着一件颇有春天气息的浅橙色大衣出现在店里。她的出现，令周围顿时明亮了起来。不过，那倒不仅仅是因为大衣色彩光鲜，她的表情也熠熠发光。

"是不是遇到了理想的男孩？"

穗香莞尔一笑。

"园艺活动上认识的？"

"不，是一般的派对上。我收到了几张卡片，跟其中一位聊得投缘，我们约好下次两人单独见一面。"

"太好了。恭喜你！"

"这才刚开始呢。不过……加入婚姻介绍所是正确的选择。"

穗香深有感触地说。

"有的联谊会上竟然有已婚人士，还装作一副单身的模样。千波说得对，想结婚的话，不能去联谊，得去婚活派对才行啊。"

惠也颇有同感。

"要是决定交往了，什么时候带到店里来吧，我很想看看是位什么样的男士。"

"嗯，我一定会介绍给你的。"

到了六月，美咕咪食堂的关东煮菜单里添加了新菜品。

新菜品是西红柿。西红柿富含美味成分谷氨酸，不仅仅是西餐，跟日餐也很配。用西红柿熬出来的高汤可以像鲣鱼高汤、海带高汤一样使用。

现在往关东煮里加西红柿的店虽然有所增加，但还是少数，因此不少客人会觉得新奇。

将热水烫过后去了皮的西红柿放进关东煮高汤里，

稍微煮一煮。跟其他关东煮一起煮的话，酸味会扩散到其他菜品里，所以要另用一口锅。煮完后直接放在冰箱里冰镇起来，充分入味后，便是一道清爽可口的夏日凉菜。

今天一开店门，惠便在吧台上摆好了两双筷子。昨天穗香来电话说，今天七点，她要和那位男士来店里约会。

说实话，今天……不，两人在这儿的时候，惠不希望千波、茅子和由利三个人也来店里。被虎视眈眈地瞅来瞅去，怎么能踏踏实实地享受约会呢？惠这样想着，全然忘记了自己也是她们中的一员。

但是，偏偏在今天，三人先穗香一步，一起来到了店里。

"啊，少见哦，有人预约了？"

眼尖的由利看到了摆放好的筷子，问道。

"穗香七点来，跟在婚姻介绍所认识的人一起。"

三人不约而同地"哇"了一声。

"所以，两个人来了我们就当不认识吧。被熟人看到，会很难为情的。"

"不会，不会，恰恰相反。"

千波说完，由利接过话来。

"担心被看到的话，就不会带到这个店里了。她是想给大家看看才会带过来吧。"

千波和由利对视了一眼，不约而同地说了声："对吧？"

"很期待呀，会是什么样的人呢？"

茅子的话代表了大家的心声。

"晚上好！"

七点稍过，入口处的门开了，穗香和一位男士走了进来。

惠努力在脸上堆起和蔼的笑容，指了指吧台上的指定座位。

穗香带来的男士有三十来岁，笔挺的西装，一副上班族的模样。个子不太高，但是五官协调，长相令人心生好感。

"请用。喝点什么呢？"

惠给二人端上手巾和小菜——冰镇西红柿关东煮。

"哇，有西红柿了啊。"

"是呀，这个月开始的。"

穗香和同行的男士商量后，二人意见一致，都要生啤。

"老板娘，这位是双川先生，他在西麻布的公司工作。"

"你好，初次见面。我在富士公司工作，是做不动产租赁、买卖和管理运营业务的。"

"您的公司很棒啊，连我都知道名字。"

双川一板一眼地谦逊了一番，坐在一旁的穗香得意地抽了抽鼻子。这个细节没逃过惠的眼睛。

"大家都来了，今天都来得早啊。"

穗香朝着坐在旁边的三位得体地打了声招呼。

"碰巧而已。"

"三个人都早早结束了工作。"

"好像是被西红柿关东煮召唤来的呢。"

三人不痛不痒地回应后，为了不打扰二位，只是不时地斜眼瞄一眼他们。

　　大约过了一个小时，三个上班族离开后，随即又进来了两位新客人。

　　"哇，晋平先生，欢迎光临！"

　　"老板娘，今天两位。"

　　"请坐那边，我这就收拾。"

　　惠指着刚刚空出的座位，麻利地撤下了留在吧台上的碗筷。

　　跟晋平一起来的是一位五十上下的男士，身高一米七二、七三的样子，背挺直着，姿势端正。他面色丰润，没有显眼的皱纹，头发打理得细致入微。T恤衫外面套了一件薄薄的外套，质地和做工都属上乘。

　　不经意间看了一眼新客人的千波，脸上露出一副吃惊的表情。这时，双川慌忙从椅子上站了起来。

　　"若狭会长！"

　　"嗯，您是……"

　　若狭诧异地眯着眼睛。

　　"承蒙您的关照。我是富士公司的双川茂树，负责贵公司的第三大楼。"

双川站到若狭先生旁边，来了个90度鞠躬。

千波对茅子和由利的窃窃私语传到了惠的耳朵里："就是他，以前说过的……"

"难得今天在这里见到您。"

"我在附近遇到了理疗期间帮助过我的见延先生，想请他喝一杯，然后他就带我来这里了。"

若狭大方地回答，然后瞥了穗香一眼。

"你正在约会吧？年轻人真叫人羡慕。"

"失敬，失敬。"

双川再次行了最郑重的敬礼，回到了自己的座位上。可能对他来说实在是大客户吧，但在旁人看来，双川的反应让人联想到了磕头虫。

惠凝视着若狭，从看到他第一眼起就无法移开视线了。他高鼻梁，细长脸，宛如歌舞伎演员，年轻时应该是位美男子。然而，让惠目不转睛的不是这张脸的表面，而是它的后面。

一股黑烟从那张脸的后面流溢而出。

　　惠做占卜师的时候，经常能看到人背后的黑影。在参加广告女郎面试时，就看到过面试官头上笼罩着的黑色雾霭。然而，萦绕在这位叫作若狭的男士身边的黑烟，跟惠以往看到的性质截然不同。如果将之前那种黑色雾霭比作人生中累积的污垢，那么这黑烟就是坚韧而又凶恶的执念。

　　惠从未见过这种邪恶的东西，有一种不祥与恐怖的感觉顺着脊梁往上蔓延，警铃在脑中响彻。

　　这个男人到底是什么人？那道恐怖的黑烟又是什么？不，这些暂且先不去想，为什么自己看到了这种东西呢？

　　"老板娘，来份关东煮。"

　　晋平的声音让惠如梦方醒。

　　"怎么愣神了呢？"

　　"抱歉，抱歉。你带来的同伴正好是我喜欢的类型，不由得被迷住了。"

　　"老板娘真会说话。"

　　若狭笑了几声。晋平不可思议地又看了惠一眼，立刻将视线投向菜单，脸上露出了喜悦的表情。

"醋味噌拌山蒜……看上去不错啊。若狭先生，来一份怎么样？"

"我就不要了，吃不惯野菜。"

若狭的话掠过惠的耳朵，在远处回响。

"那之后穗香再没来过呢。"

由利吃着冰镇西红柿关东煮说道。

时值夏季，七月已过半，顾客自然比冬季少。但因为有常客们的惠顾，美咕咪食堂并没受多大影响。

"来杯樽酒，冰镇的。"

由利常点的烫酒也从六月起换成了冷酒。

"一定是跟双川谈得很顺利。约会的话肯定不来这种地方，会去有情调的餐厅吧。"

"那不来也有道理，两位特别般配。"

惠也这么认为，二人年龄也合适。

"看对眼的话进展就很快，下次他们再来的时候，说不准婚事已经定下来了。"

"对了，那位成功男士也再没来过？"

"嗯，那天来是碰巧。"

"太遗憾了。"

没什么好遗憾的，那个叫若狭的人被不祥之物附体，如果跟他有瓜葛，恐怕会遭遇意想不到的不幸。

"不知他的婚活怎么样了，想必已经有财迷心窍的女孩上钩了吧。"

惠和由利这番对话后的第二天，穗香突然出现在了店里。店刚刚开门，外面天色还亮着，没有其他顾客。

"你好！"

穗香带着几分羞涩，微微一笑。

惠看了穗香一眼，不禁屏住了呼吸。

穗香穿着貌似是什么名牌的半袖连衣裙，手提鳄鱼纹的铂金包。更令惠吃惊的是，穗香后面飘着黑烟。

"穗香，你不会是见过若狭了吧？"

穗香立刻不好意思地垂下眼睛，稍过片刻，便昂然地抬起头，挺起胸。

"上次在这里见过之后，他约我吃过几次饭。昨天向我求婚了。"

"怎么会这样!"惠差点儿喊出来。

"你是怎么打算的?"

"我准备答应他。"

惠觉察到自己已脸色煞白,因为她看到穗香正面带怒气地看着自己。

"为什么不行?"

穗香想不通,硬邦邦地说道。

"不错,我看上的是他的钱。虽然我并不讨厌若狭,但如果他不是那么有钱的话,我肯定不会嫁给他的。不过,这事他心里也明白。既然这样,为什么不行呢?"

据说若狭跟穗香发过誓,说他已经老了,没法给穗香年轻男人所能给予的快乐。但是,只要是钱能办到的事,他什么都愿意为她做;宝石、车、公寓,想要多少就给她买多少。

"他带我去的店,给我买的礼物,住的房子,这些都是一般上班族做不到的。是,可以说我是财迷心窍了。只要嫁给若狭,就可以享受到原本一辈子都跟我无缘的奢侈生活。我就不能有这种期望吗？"

穗香紧紧地咬着嘴唇，眼里微微泛着泪。

"生在平平凡凡的农村，这并不是我的选择。可是因为这一点，我的大部分人生就定型了。勤勤恳恳地工作，朴朴实实地结婚，辛辛苦苦地养育孩子……一辈子就这么结束了。住不上东京黄金地段的公寓，坐不上高级的外国车，铂金包也一辈子都买不起。这太不公平了！"

穗香愤怒地瞪着惠。

"如果我生来是吉本院长的女儿，我的一生就会截然不同。对吧？"

惠非常理解穗香的心情。惠也是因为偶然具备了一种不可思议的能力，从而左右了自己的人生。

"而且，若狭也特别讨厌吃野菜。他说因为自己出生在秋田山沟里的一个穷苦家庭，小时候吃了很多野菜……我们一定能合得来的。"

"你没错，你只是想得到谁都想得到的东西而已。"

惠走出吧台，站在穗香的面前。

"不过，能不能等两天再回复他？"

"为什么？"

"因为我看到若狭身上有不祥的阴影。"

很显然，穗香退缩了。惠以前是有名的占卜师，这在美咕咪食堂是个公开的秘密。

"如果那个阴影只跟若狭有关，比如生病、遇到车祸之类的，那也就算了。可要是那种会波及你的不幸预兆的话，我觉得你最好不要接近他。"

惠轻轻地把手放在穗香的肩上。

"本来是为了追求幸福去结婚的，结果反倒让自己背负起了不幸，那样的话，到底是为了什么结婚呢？"

穗香看了看惠，眼里还是充满了疑惑。

"我只是告诉你我了解到的情况，接下来怎么做，你自己判断就行了。"

穗香勉强地点了点头。

"对不起，让您特意赶过来。"

第二天下午，真行寺巧出现在美咕咪食堂，离开店还有一个小时的时间。

"我可不会特意来，今天是顺便过来的。"

真行寺生硬地回了话，在吧台边坐了下来。惠端来茶，坐在了旁边的座位上。

真行寺会定期去自己名下的大楼转转，了解签过租赁合同的店铺的经营情况。美咕咪食堂的房东不是真行寺，但因为他帮惠融资开店的这层关系，现在借款虽已还清，他还是一年会来几次。

"拜托了您那么麻烦的事情……"

"没什么麻烦的，都用不着调查，早就是业界出名的事了。"

惠昨天给真行寺打电话，请他详细调查一下若狭的为人。真行寺和若狭是大楼租赁业界的同行，或许会有门路。萦绕在若狭周围的黑烟，应该跟他的过去有关系。果不其然……

"出名的事？"

"据说变成鬼出来呢。"

"什么变成鬼？"

"第一任老婆。"

"她不是很早以前就生病去世了吗？"

"对外这么说嘛。据说实际上是被杀死的。"

"啊！"

惠大为震惊，身子瘫软了下去。

"这是真事？"

"不知道，我也没有亲眼看见过。"

真行寺不顾瘫坐在一旁的惠，悠然地继续说道：

"老婆死后，若狭拿到了巨额遗产。若狭的大楼租赁业务本来是他岳父开始的事业，这家伙做了上门女婿。老婆突然去世的时候，他找了个情人，也不知是第几个了，好像每天都在闹。"

"他怎么没被逮捕呢？"

"不构成刑事案件的话，警察是不会介入的。只要拉拢好医生，他杀也可以改成病死。"

惠又想起了那道黑烟，那副光景非同寻常，真行寺所说的可能是事实。

"第二年，若狭跟情人再婚了，不过那女人很快就逃走了，说是看到了前任老婆的鬼魂。若狭建了新房搬了家也无济于事，还不到两年就跟第二任老婆离婚了。"

真行寺拿起茶杯，喝了一口茶。

"那以后，若狭也是不停地换女人，但那些女人都被鬼魂吓得逃离了。这事在银座和新宿都出了名，现在好像就连陪酒女都不敢接近他。谁都不愿意被鬼魂诅咒死嘛。"

"原来是这样。"

真行寺浅浅一笑。

"有趣的是，若狭看不到那个鬼魂，所以不长记性地不停找女人……但是很快就被甩了。"

"他本人该有多孤独啊。人到老年，身边连个亲近的人都没有。"

"应该是吧。孩子们都恨他，连面都不肯见，一心等着他死。"

"报复的话，没有比这种手段更高明了。"

真行寺向惠转过身来。

"就算你把这事告诉那个女孩，她就会放弃吗？"

"不知道。但是被蒙在鼓里去结婚太可怜了。"

之后的事情，就由穗香自己决定。

"走了啊。"

真行寺站起来。

"谢谢。我请你吃饭道谢，下次来吃关东煮吧。"

"这么大热的天儿？"

"可以等凉快了再来啊。"

"我才不来呢。我讨厌吃寒酸的东西，穷会传染的。"

"今年冬天开始做蟹面，那可是很奢侈的哦。"

"哼。"

真行寺轻轻地挥了挥手，走了出去。嘴上说得刻薄，但其实他特别爱吃关东煮里的白萝卜和魔芋，而且是卖剩下的、一直留到了第二天的、味道完全渗透进去的那种。

"穗香说圣诞节要举行婚礼。"

一进店门，千波有些兴奋地说。

九月，秋老虎突然造访的一个晚上。吧台上，茅子和由利并排坐着。

"老板娘，你听说了吗？"

"没有，刚听到你说呢。太好了！"

"说是婚礼后直接去欧洲新婚旅行。这安排太完美了，就跟画上画的一样。"

"新上市的小长枪乌贼，吃吗？"

小长枪乌贼放在关东煮高汤里稍微一焯，口感柔软，味道甘甜，能够品尝到食材本来的美味。

"我吃，我吃！再来杯生啤吧。"

已经享用完小长枪乌贼关东煮的茅子向千波问道：

"对象是第三次相亲的那个？"

"对，高中数学老师。"

"第三个就成了，真叫人羡慕啊。"

"她设定的目标是入会一年内找到男朋友，大功告成了。"

由利和茅子相互点了点头，旁边的千波深深地吸了一口气。

"我也要开足马力加油了！"

"那得先补充营养增强体力哦。来！"

惠在吧台上放了一盘小长枪乌贼。

千波举起生啤，摆了个干杯的手势，然后大口喝了起来。

不知怎么，惠突然想起了穗香的鳄鱼纹铂金包。

爱情炒猪肉片

进入十月，学生们都齐刷刷地换上了冬装校服，路上行人的衣着也暗淡了起来。

惠还是占卜师的时候，十月秋老虎依然肆虐。法国举办世界杯足球赛那一年的十月十日，当年还是日本的体育日。惠记得那天自己在国立竞技场观看球赛，被太阳晒得黝黑。

可是近年来，秋天来得越来越早。而且感觉初秋短暂，一晃便到晚秋了。

店里的顾客也流露过同样的感触。

"凉拖之后突然就是长筒靴，秋天太短了。"

吉本千波拿起盘子，吸了口关东煮汤汁。那是用海带、木鱼花和鸡架熬煮的汤汁，味道浓厚。

"要这么说的话，春天也很短哦。樱花刚开，转眼间气温就三十度了。"

左近由利放下盛着烫酒的杯子，把筷子伸向鲣鱼片。

"这个鲣鱼真好吃。"

"是吧。鲣鱼当然是秋鲣鱼好吃，鱼膘不一样。"

听到自己的拿手菜受到了表扬，惠很高兴。从什么都不会的外行开始一个人料理的这家店里，除了关东煮以外，几乎没有什么别的菜品。惠每周去两三趟筑地市场，采购关东煮材料和鱼。鲣鱼新鲜，价格也合适，于是她买回鱼段做成了生鱼片。惠根据鱼的种类采取不同的烹调方式，盐烤、炖煮或用曲子腌渍。

哗啦一声门开了，见延晋平进来了。他今晚带来了朋友，是一位和他差不多大的男性。

"老板娘，这是我的高中同学，叫高峰。"

"热烈欢迎！"

"晚上好！初次见面，我是高峰时彦。"

二人并排坐在了晋平的指定座位——吧台的一角。

"我来个中杯生啤。"

"你呢？"晋平用眼神询问高峰，高峰迅速扫了一眼墙上的菜单。

"我来杯樽酒，冰镇的。"

"一上来就直奔主题啊[1]，你还是老样子。"

高峰紫铜般的肤色，不知道是本来就黑，还是被晒黑的。他体格健壮，虽说并不帅气，但眼角下垂的长相讨人喜欢，给人印象不错。

"晚上好！"

晋平向隔座的千波和由利打了个招呼，两位女士也轻轻地回应了一声。

"他上周刚从印度尼西亚回来，是研究微生物的。明治大学农学部毕业，是某位演员的学弟哦。"

"啊，那可太厉害了。"

惠端上手巾和小菜，又打量了一下高峰的脸，明白到他的黑皮肤原来是在印度尼西亚晒出来的。

今天的小菜是日式芋头片。将煮好的芋头切成圆片，放在色拉油里一煎，撒上比萨芝士碎，最后滴上酱油就可以了。更让人欣喜的是，它跟哪种酒都很搭。

"今天有秋鲣鱼生鱼片，要不要尝尝？"

1　日本居酒屋喝酒，一般进店坐下后第一件事是先点一杯生啤，边喝边看菜单点菜，然后才会点清酒、烧酒。

"要！"

高峰抢在晋平前头喊道。

"鲣鱼可是我最爱吃的，比起春鲣鱼，还是秋鲣鱼好啊。"

"客官，好眼光！"

惠露出微笑，把鲣鱼生鱼片和小盘子放到吧台上。

"啊，好吃。每次从外国回来，就感觉日本食物的美味真是沁人心脾。"

吃了一片秋鲣鱼，高峰耷拉下本来就下垂的眼角。突然，惠看到他头后面亮起了一道模糊的光。

惠不由得吸了一口气。是不是看错了？等她眨了眨眼睛，凝神再看的时候，光已经消失了。

"这里的牛筋和葱段金枪鱼可是超棒的。"

晋平向高峰推荐，然后点了关东煮。

"来份白萝卜、魔芋、牛筋、葱段金枪鱼和鱼丸。"

"我也来份牛筋和葱段金枪鱼，然后再来份章鱼、土豆和炸鱼肉饼。"

"好的，谢谢。"

惠总算重振起精神，盛好客人点的关东煮，但她直觉背后毛孔都张开了，渗出一阵冷汗。

又看见了。难道那能力又……

上次看到附在若狭身上的那股黑色的邪念时，因为太过震惊，没来得及多想，等平静下来，不安和疑惑便慢慢地扩散开来。莫非，惠曾经一度失去的那个能力在一点点恢复了？

那就麻烦了。

这十年，惠是以关东煮店老板娘的身份度过的，已经不想再做占卜师了。看到他人看不到的东西，预知他人的命运，对现在的惠来说都是过于沉重的负担。

"您去印度尼西亚的哪里了？"

"爪哇岛上一个叫芝比侬的城市，我去那里的微生物资源中心研究交流……"

玻璃门开了，走进来两个女孩。

"哇，咲子，欢迎！"

一位是千千石茅子的女儿咲子，她自从跟母亲来过一次以后，便偶尔会来露个脸。

"晚上好！这是我公司的同事植木桃菜。"

咲子在千波和由利的旁边坐下，向大家介绍了一下她带来的女孩。这个女孩跟咲子是同龄人，应该也要奔三十了吧。她们已经是名字普遍取得标新立异的一代了，不过很遗憾，比起"桃菜"，"桃子"这个名字更适合她。圆脸，单眼皮，鼻子有点塌，但这些都是她的可爱之处。她是那种典型的"不漂亮但很可爱"的女孩。

"欢迎光临！喝点什么呢？"

"柠檬碳酸酒。"

"请给我来杯生啤。"

惠也向二位推荐了秋鲣鱼。

"我来一份。"

"我也来一份！"

两人应声答道。

"老板娘，桃菜去巴厘岛了哦。"

这么说来，确实桃菜的脸看上去晒黑了。

"哇啊，真好。去看凯卡克舞[1]了吗？"

"去冲浪了。"

"巴厘岛也可以冲浪啊？"

"很有名哦，而且物价低，比起去夏威夷和关岛合算。"

由利喝干杯子里的烫酒，自言自语似的说道：

"对了，巴厘岛是在印度尼西亚吧。"

"是啊，今天竟然有两个人都是从印度尼西亚回来的，太稀奇了。"

千波直起身子，交替着望了望桃菜和高峰。桃菜和高峰并排坐着，中间隔着两个空座。

高峰像教室里的学生似的，唰地举起一只手说道：

"我去爪哇岛芝比侬市的微生物资源中心了。"

"哇哦，太厉害了！微生物是生物技术方面的吧？我只是去玩了，不好意思啊。"

"哪里，我很羡慕你呀。好不容易去趟印度尼西亚，

1　巴厘岛的传统舞蹈形式。

我却只到过机场、中心和酒店。"

高峰微笑着回应。

"印度尼西亚信奉伊斯兰教吧？巴厘岛也一样吗？"

惠问道。桃菜摇摇头，高峰代替桃菜回答说：

"巴厘岛是印度教，所以女性也不戴头巾。"

"是吗？同一个国家宗教不一样啊。"

"印度尼西亚很大，而且同样是伊斯兰教，好像他们生活中也没有中东那么严格。便利店里还卖啤酒呢。"

女士们和晋平异口同声地发出"噢——"的声音。

以此为契机，客人之间的对话热闹了起来。有人提出关于印度尼西亚和巴厘岛的问题，高峰或桃菜就来回答，接着每个人讲讲自己的经历，其中也包括失败的趣谈，店内笑声此起彼伏，保持着欢快的气氛。

然而，惠发现咲子好像很难融入大家的谈话当中。她除了不痛不痒地点头附和外，只是默默地听着。偶尔有人向她投来话茬儿，她便会前言不搭后语地"扑哧"一声中断谈话。因为有惠、晋平、高峰和桃菜的巧妙帮助，才使谈话得以继续下去。很显然，咲子对所谓的

"社交性谈话"很不擅长。

太可惜了……

望着咲子，惠首先想到的是这句感叹。咲子身高一米六多一点，亭亭玉立，长相朴素但非常美丽。她已经加入了婚姻介绍所，感觉应该很快能找到男朋友。

然而，即使通过材料审核进入一对一的约会阶段，或者是在相亲派对上收到了对方的申请卡，咲子都无法再向前迈进一步，总是在第一次或第二次约会的时候遭到拒绝。

都是因为咲子沟通能力欠缺。

惠因为了解茅子的痛楚，心里格外着急。

要放在以前，怕生、话少是女孩的优点。相亲的时候害羞得抬不起头，手抓着榻榻米上的破线头，婚礼当天才终于第一次正儿八经地看到对方的脸……这类事情曾经司空见惯，那时候倒也没有说就因此而导致婚姻不幸福。

然而，时代变了，现在已经进入了一个要求女性也要具备自我宣传能力的时代。

第二天，茅子很晚来到了美咕咪食堂。

惠把昨晚的事情告诉了茅子。"是的呢。"茅子垂下眼睛，叹了口气。

她正要夹烤秋刀鱼的筷子停下了。这道菜是用西红柿、大蒜和芝士粉调制的意大利风味，是茅子最爱吃的……

"干脆你找个自己满意的，不管三七二十一让他们把婚结了，怎么样？"

其他客人都走了，店里只剩下茅子，所以惠说话无须顾忌了。

"以前听说有父母可以参加的婚姻介绍所，父母替孩子去参加婚活派对，然后双方父母安排相亲。这种怎么样？"

"可是……"

茅子又叹了口气。

"以前都是双方父母决定，婚事就成了。但现在还是得本人决定吧？那样的话，我再怎么帮她找，感觉结果都是一样的。"

"……这样啊？"

惠也抱起胳膊，叹了口气。

"所以啊，我想，这样下去，她相亲多少次都一样，我家这孩子需要的是自我改革。"

"自我改革？"

"是啊。"

茅子兴奋地从吧台上探出身子。

"应该改掉消极内向的性格，让她乐观积极起来。"

"那很难吧？"

"难也得让她改掉。"

茅子一副坚决的表情。

"有什么办法吗？"

"朋友推荐我……"

茅子迟疑了一下，然后突然抛掉了顾虑似的接着说道：

"听说有自我启发培训班。虽然课程安排只有一周，但是上过课的人都克服了自己性格上的弱点，在挑战新事情上取得了成功。要是能让咲子也参加这个班，她以后的婚活一定会顺利的。"

惠的心里充满了疑惑和不信任。"孩子或父母遇到了非法商业组织的欺诈，被卷走了巨额资金，怎样才能把钱追回来？"这种咨询，惠做占卜师时曾多次受理过。交钱之前还好说，一旦钱给了对方，再怎么哭闹也很难要回来了。这是惠的心里话，但是又不能对客人说得这么直接。为了找恰当的措辞，惠真是煞费了一番苦心。

惠从茅子的一席话中，嗅到了与这些咨询同样的味道。

"培训班多少钱？"

"一百二十万。"

"别去！"惠差点喊出来，但她努力忍住了。现在的茅子是听不进反对意见的，惠要是阻止她的话，反而适得其反。俗话说，"三岁看大，七岁看老"，与生俱来的性格是不可能改变的，更何况是仅仅一周时间的培训班呢。

"我说啊，茅子……"

惠慎重地挑选着语言措辞。

"与其改变与生俱来的性格，不如掌握展示自我的能力来得更有效吧？"

"说到底，那也是自我改革吧。"

"不，掌握技术和改变性格是不一样的。"

为了避免招致茅子反感，惠努力让自己的语气比平时柔和。

"婚活也是一种自我展示哦，因为它是在宣传自己这样'商品'的优点，推销自己。展示是一种技术，谁都可以通过训练来提升。你以前不是也说过吗？只要把自己包装成男人理想的女人形象，就可以结婚。"

茅子略有所思。

惠抓住时机继续说道：

"也就是演技啊。咲子也做得到，毕竟女人都是演员嘛。"

茅子有些疑惑地问道：

"哪里有这种培训班？"

"口才培训班、承办企业研修的机构，等等，有各种各样的……"

　　惠在脑海里搜寻着记忆。

　　"我给你查查吧。自我启发培训班的事先别马上做决定，比较讨论后再说吧。"

　　茅子勉强地点了点头。

　　"你要是有自我启发培训班的材料，给我看看吧。"

　　"给你，我多拿了一份。"

　　茅子从包里取出 A4 大小的文件夹，里面夹着彩色的小册子。

　　"给。"

　　惠接过小册子，目不转睛地盯着看。培训班名叫"Myself"，名字下面写着"成为真正的自己""从 0 到 1""让昨天的自己归零"等广告语。

　　"这个小册子是在哪里拿的？"

　　"我去参观培训班的时候收到的。"

　　"哇，已经去参观过了啊。"

　　事情的进展超出了想象，惠的危机感愈发强烈了。

　　"高中同学约我去的，她去年上过这个培训班。"

茅子上个月参加了在静冈举办的高中同学会，在那里跟久别重逢的同班同学聊得起劲，就顺口把自己为咲子的婚事一筹莫展的事情吐露了出来。

"她也住在东京，然后就给我介绍了 Myself……推荐我先去参观参观。"

茅子的高中同学名字叫野方梢，据说她从东京的短期大学毕业后，就职于一家大型食品公司，在会计科工作了三十五年。

"我去参观了在麹町的酒店里举办的培训班，里面热情激昂，讲师和学员都十劲满满。这家机构每年都举办一次表彰大会，表彰成绩优秀的学员。野方今年被选上了，她邀请我去看看……说是会场在克里姆森大酒店，仪式结束后有自助餐宴会。"

克里姆森大酒店在东京奥运会[1]前一年开张，是历史悠久的一流酒店。惠在占卜师时代曾多次在那里举办过会餐、对谈或演讲等。

1　这里指的是 1964 年的东京奥运会。

"好棒哦。克里姆森大酒店不错，氛围古雅，料理美味。"

"仪式也很棒。会场正前方有一个大屏幕，关掉灯，四周漆黑一片，大屏幕上就开始投放梦幻般的风景……音乐也很美妙。"

视频播放结束后，受表彰的学员依次走到台上，他们个个脸上洋溢着自信的表情，叙述着自我改革的成果，表达感恩之情，然后便呼吁培训班的学员一起参与挑战。

"……原来是这样。"

"看到这里，我有些莫名的感动……我已经几十年没有这么全身心地投入到某件事情上了。我女儿要是也参加这个培训班，肯定也能够实现愿望。所以……"

惠心疼地看着茅子。

"我很理解你。"

全是为了女儿的幸福。茅子的为母之心让人笑不起来。

不过，正因如此，惠更不能坐视不管，任由茅子母女成为非法组织的牺牲品。

第二天晌午过后，惠去了西新宿的一栋高楼。这栋楼地下三层、地上五十层，四十七层及以下用于办公，四十八层及以上是餐饮店。

真行寺巧经营的房地产租赁公司"丸真Trust"占据了最高的四十七层办公楼层。

惠在前台说明了来意后，立刻被带到了总经理办公室。房间有三十张榻榻米 [1] 大小。一进门，正对面是办公桌，跟前的是会客摆设，墙上除了书架和文件柜别无他物。字、画、花之类与工作无关的东西一概不放，这是真行寺的一贯做法。

以前惠认为这个房间煞风景、了然无趣，现在她觉得这正是真行寺的风格。

"百忙之中，打扰了。"

惠微微地低下头。真行寺没有回应惠的客套，他站

1　一张榻榻米相当于大约1.62平方米。

起来，示意惠在会客沙发上坐下。

"是 Myself 对吧？"

真行寺坐在对面的沙发上向惠确认。

"是的。想来想去，我都觉得这是诈骗。他们用礼物和聚会当诱饵聚集客人，然后对他们施加集体催眠术，让他们买一些奇怪的东西。"

惠把茅子给的小册子递给真行寺，真行寺接过去扫了一眼，扔到了桌子上。

"这个培训班的主办人泷田那个混蛋，我只知道他的名字。二十多年前靠通灵的噱头赚了大钱被揭发过，之后又在做几个传销。据说他二十岁左右成了丰田商事的小职员，非法经营就是从那时开始的。"

丰田商事通过推销金箔进行非法经营，受害人中老年人居多。全国受害金额超出两千亿日元，这是日本最大的诈骗事件。

"没记性啊。"

"丰田商事的残党在其他方面也经常挑起事端，诱饵各种各样，有钻石、股票、油田、稀有金属等。一旦从诈骗式经营中尝到甜头，好像就很难抽身了。"

真行寺再次瞄了一眼小册子。

"可能他假托培训班，让会员买些没用的教材吧。介绍新会员拿回扣，本质上也是传销。"

"茅子的高中同学也是只小老鼠。"

惠心生诧异。野方梢这个女人在 Myself 组织中处于什么地位呢？

"怎么办才好啊？"

"这个嘛，让她头脑冷静下来，解除催眠术，这是最好的办法……"

真行寺停下来，双臂交叉在胸前。

"只要把从您这儿打听到的有关主办方过去的罪行都揭露出来，茅子也就清醒了吧。上过报纸的话，我就把新闻报道都收集起来……"

"是啊。"

真行寺的声音听上去不太爽快。

"不过就算这次解决了，茅子可能早晚还是会被类似的套路骗住。不知道为什么，有的受害者会被诈骗两三次，可能他们就是那种容易上当受骗的性格。"

"茅子不傻，也不是那种老好人。只不过是因为女儿的婚活不顺利，她太着急了。"

"那在她女儿结婚之前，她就一直很危险啊。"

"……是啊。"

惠又想起了另一件事。

"我想再托您一件事。能不能麻烦您帮忙介绍一个口才培训班，或者是提升自我展示能力的培训班？"

墨镜框上面，露出了真行寺高高挑起的眉毛。

"怎么了？这么突然。"

"是为了帮助茅子女儿顺利开展婚活啊。茅子的女儿长得漂亮，性格又好，可就是内向、话少、怕生，跟男孩子独处的时候，连话都说不出来，更不用说结婚了。"

真行寺夸张地歪着脖子，若有所思地说道：

"漂亮、内向、话少，这不是最棒的条件吗？要不然我娶她吧。"

现在不是理睬真行寺玩笑话的时候。

"现在的年轻人可不像你这么强大。稍微主动一点，要是对方没反应，就自认失败缩回去了，可能是不想被甩吧。对不接受自己的女孩穷追不舍，最后捕获芳心……这种事现在已经见不到了。"

真行寺把嘴撇成了八字。

"没出息。"

"没办法哦，时代变了。"

惠盯着真行寺的脸说道：

"太可惜了。茅子女儿要是稍微提高点沟通能力，好对象那可是应有尽有。所以，能不能请您助她一臂之力……"

惠正了正坐姿，低头行礼。

"麻烦您了。"

"这个嘛……"

真行寺倚靠在沙发靠背上，仰头看着天花板。

"我知道您想说什么。那毕竟是临阵磨枪，生来的性格是不可能通过培训改变的。不过，如果培训能包装一下表面，使婚活进展顺利的话，也是可以的吧。"

"我得趁自己还有气的时候，把女儿的将来托付给一个靠谱的人"，惠想起茅子说这句话时的热切心情。

"把白色涂成黑色是欺骗，稍微化化妆应该属于正常努力的范围吧。要是那样就能获得幸福的话，我觉得应该试试。"

"我也有同感。"

真行寺从靠背上坐起来。

"至于让那个内向女孩在哪里训练嘛……"

惠感觉到墨镜后面真行寺锐利的目光。

"银座有家夜总会跟我交情不错，让她在那里学习吧。"

"别胡说！"

惠差点儿从沙发上跳起来。

"开玩笑！一个女孩子，年纪轻轻的，就给毁了人生，你负得起责任吗？"

真行寺不屑一顾似的哼笑一声。

"喂喂，酒吧和夜总会可不都跟《黑色皮革手册》[1]里的一样。"

"可是风俗行业怎么会对婚活有帮助……"

"有帮助啊。"

真行寺冷笑着，嘲弄般地摇摇头。

"那个女孩其实就是不会与男人相处。母女两人生活，上女子高中、女子大学，公司里也全是女的，她从小到大都是这样过来的吧？"

"对，对。"

"所以嘛，她看男人的目光是异样的。跟对方独处的话就会紧张得乱了方寸，不能自如应答，然后男人就被吓跑了……每次都这样。"

"对，对。"

"那样的话，去夜总会上班绝对是个锻炼的好机会。客人都是男人嘛，夜总会就相当于近距离观察男人生态的实验室。"

---

1 《黑色皮革手册》是日本作家松本清张创作的悬疑小说，描写的是在银座酒吧打工的女招待的世界。

惠怀疑地看了一眼真行寺。

"那个女孩很快就会明白，男人并没有特别之处，也没什么了不起的，只是单纯又没出息的生物罢了。"

真行寺轻轻地耸了耸肩。

"所以，根本没必要郑重其事，不用紧张，让她跟与女性朋友同样的方式相处就可以了。"

"这点我同意……"

"风俗行业还有一点很有帮助。"

真行寺在面前竖起食指。

"女招待的关键是会听话、会夸人，这是话术的精髓，适用于所有的人际关系。在观察身边有经验的女招待跟客人打交道的过程中耳濡目染，自然就会一点点地明白如何应答能让对方高兴、如何发现对方的优点。这对搞好人际关系非常重要，不管是夫妻、朋友之间，还是邻里、公司同事之间。"

惠长长地叹了一口气。

"讨厌，你这么一说，我就想相信你了。"

"不过，我说的在理吧？"

"嗯，不过我还是很担心啊。虽说是实习，可到底还是做女招待，要是被坏家伙缠上的话，我可就没脸见茅子了。"

"这点我会非常谨慎的。"

真行寺走到墙边文件柜，从一排名片夹里取出一本回到沙发旁，啪啦啪啦地翻看了一番，然后从里面挑出一张放在了惠的面前。

女式名片上写着"夜总会 Camellia 朝香椿"，地址是银座七丁目的丸真大楼。

"是您朋友的店？"

"我已经光顾二十五年了，这家店经营靠谱，客源也不错。要是这家店的话，应该能让那个女孩去体验下社会，顺顺利利地'毕业'。"

惠目不转睛地盯着名片，心想："既然店开在丸真大楼，那么对 Camellia 来说，真行寺不仅是客人，还是房东，老板娘应该会从各方面给予照顾的吧。"

"你要是担心的话，要不先去看看？"

惠猛地抬起头。

"今晚带你去看看，下班联系我吧。"

"不好意思，谢谢您。"

惠深深地低头致谢。

"怎么会……"

惠把 Myself 的真相告诉了茅子，茅子听完后大为震惊，许久说不出话来。

"听说这个叫泷田的主办人本来是丰田商事的一名推销员。"

听到这第二个打击，茅子像泄了气的皮球垂头丧气，看上去身体都缩了一圈。

这里是银座百货商店的员工休息室。茅子是这家百货商店的派遣员工。走出真行寺的办公室，惠联系了茅子，趁她工作休息的间隙来了。两人避开人多的桌子，并排坐在角落的长椅上。

"我真傻啊。"

茅子长叹道。

"野方高中时代很认真，会照顾人，所以我就相信了她。"

茅子又叹了一口气。

"现在想想，她肯定也是被骗了。"

叹了几次气后，茅子终于抬起头，仿佛积压在心头的郁闷得到了些许缓解。

"那我女儿上培训班的事怎么样了？"

"这个嘛，虽然有点离谱，但我觉得值得一试。"

惠小心翼翼地做好铺垫之后，进入了主题。她本以为茅子听了真行寺的提议后会大喊："荒唐！"然后拒绝，但出乎惠的意料，茅子陷入了沉思。

"我觉得那个老板说的也有道理啊。"

茅子的反应着实令惠吃了一惊。

"茅子，真的可以吗？"

"这要是别人的建议，我肯定拒绝。不过是你信赖的人推荐的，我倒很想试试。"

茅子的眼睛和语气里洋溢着热情。

"细想一下，在那种一流夜总会工作，可不是一般女孩子都能遇到的机会。让咲子看看完全不同的世界，也许她的视野会开阔一些。"

茅子猛地将身体转向惠，恳求道：

"惠，拜托你能不能让我今晚跟你一起去那家店看一看？"

惠一时有些犯难，但转念一想，作为母亲，茅子担心女儿也是理所应当的。

"好啊。我跟真行寺约好了，下班他来店里接我，我们一起去吧。"

晚上，真行寺坐着黑色租赁专车来到了新道街的角落。惠事先打过电话，请求让茅子同行，真行寺爽快地答应了。

"给您添麻烦了，不好意思。"

车门前，茅子歉疚地鞠了深深的一躬。

"不要在意，做母亲的，放心不下是理所当然的。请先放轻松，看看店里的氛围。"

真行寺落落大方地回应着，比他跟惠在一起时绅士多了。

Camellia 在七丁目上面向林荫大道的豪华大楼的三

楼，这栋楼在银座很常见，里面汇集了酒吧、夜总会等各种餐饮店。

"真行寺先生，欢迎光临，恭候您多时了。"

推开雕刻装饰的大门，一位经理模样的黑衣中年男子毕恭毕敬地迎上来，把他们带到了里面的座位。

店内的装饰以棕色、金色、米色为基调，天花板上镶有水晶吊灯，进门处摆着九谷烧[1]大花瓶，里面摆着华丽的插花，墙上点缀着镜子、舞扇、漆斗笠和布艺簪子等日式装饰品。

客人坐席基本都坐满了。店里轻轻地流淌着爵士乐，时有说话声和欢笑声传来，但绝没有廉价酒馆的喧嚣。不仅是因为没有客人吵闹，厚厚的地毯和窗帘，以及裹在墙壁和椅子上的绢布也吸收了不少噪声。

三人落座后，几位女招待坐到凳子上，老板娘朝香椿走过来向三人寒暄。

"欢迎光临！感谢你们今天光顾本店，我是椿，平

1　九谷烧是日本石川县南部生产的釉上彩绘陶瓷器。

素承蒙真行寺老板眷顾，请各位多多关照。"

椿笑容可掬地寒暄着，向惠和茅子呈上名片。她年龄大概与惠相仿。与一脸严肃、浓妆艳抹、身穿华丽和服的一般夜总会老板娘不同，她衣着优雅得体，和服花色素淡，是位表情柔和的美人。

惠和茅子前面坐着一位擅长应酬的中年女招待，真行寺的两边坐着年轻漂亮的女招待。椿坐在真行寺的前面，一边谈笑风生，一边细心留意惠、茅子以及整个店的情况。言谈举止和待人接物都踏实沉稳，内敛而又细心周到，着实让人心生好感。

眼前的这位，估计在银座也是一流的夜总会经营者吧。

感受到椿细致的信息捕捉能力，惠不由得心生敬佩。同时，她也察觉到椿与真行寺过去应该曾有过男女关系，现在那段关系已结束，二人只是工作上有来往。

这些惠并不想知道，可她为什么能看出来呢？

惠认识真行寺已三十年有余，对他的私生活却几乎一无所知。他现在好像一个人生活，以前是否结过婚也不确定。除了工作事由以外，他们很少见面是一个原因，更是因为惠对真行寺不感兴趣吧。即使两人面对面，惠也感觉不出什么。然而，今天第一次见椿，便从她那里感觉到了真行寺的影子。

应该是因为最近不同往常，惠总是因为工作以外的事情接二连三地请他帮忙，他有恩于惠吧……

惠一边与女招待们天南海北地聊着，一边在心里某个角落思考着真行寺的事情。

"惠，我该走了。"

听到茅子的耳语，惠慌忙把思绪拉回眼前。

"哦，那我也走吧。"

惠转向真行寺，说道：

"今天谢谢您了。我和茅子要回去了……"

"是吗？那坐我的车吧。"

真行寺朝茅子鞠了一躬，体恤地说道：

"您家千金的事情，二位好好商量商量再做决定吧，我和老板娘椿都会尽力帮忙的。"

椿也真诚地附和着说：

"具体情况真行寺先生已经告诉我了，我们这个店如果能为您家千金的婚事助一臂之力，我别提会有多高兴了。请不要客气，欢迎随时光顾。"

惠和茅子坐上了真行寺的租赁专车，惠住在四谷，茅子住在中野区中野坂上，所以就按照这个顺序请司机送回家。

看看坐在身边的茅子，无须多问，她全身上下流露着踏实和期待。

"我想请他们帮这个忙，你怎么看？"

"你同意的话，我当然同意啦。"

为了不给兴奋的茅子泼冷水，惠声音明朗地回答。

"那家店感觉很高级，客人也都很文雅呢。"

"而且关键是老板娘随和可靠，我放心了。店里还有年纪大的女招待，说明这家店不是美色一边倒。"

这时，惠突然想到了什么。

"对了，关键是咲子啊，她没问题吗？会答应吗？"

"没问题。不管怎么说，现在的年轻人精打细算，告诉她这是份工资高的短工，她肯定不会拒绝的。"

茅子双手交叉在胸前。

"要是这样婚活能顺利的话，我也总算可以卸下肩上的重担了。"

"希望顺利。"

惠禁不住由衷地祝愿饱尝辛酸的母女俩这次能够得到幸福的眷顾。

第二天早上，惠比往常起得晚，十点多才去一楼信箱取晨报。

惠回到房间，翻开报纸，看到头版一角刊登了一条标题：Kanei 食品原会计科主任 贪污八亿日元。惠不经意地瞄了一眼报道，"野方梢"这个名字映入眼帘。

野方梢？

这个名字好像在哪里听过。三秒后，惠想起她是向茅子推荐 Myself 的那位高中同学。

惠慌忙在沙发上坐好，翻开社会版面认真地看了起来。

报道上说，野方梢是会计科的元老，备受科里的信赖，连科长也敬她几分。然而，背地里，她却从五年前开始私吞公款。上个月监查方介入，事件暴露，据说光是目前查清的贪污金额就达八亿日元以上。

惠注视着报道上嫌疑人的照片，她五十六岁，长相普通。一直盯着看，便感觉到了一种淡淡的意念。

那意念里有焦躁与懊恼，还有感叹人生本不该如此的那种后悔。

"又不是什么大事"，惠看出了梢在业务上侵吞公款时的心情。然而，就像水一滴一滴地滴到杯子里一样，积少成多，最终导致水漫过杯沿流溢出来了……

梢的经历一幕幕地浮现在惠的眼前：五六年前梢的心理有了很大的波动，因为发生了一件令她大失所望的事情——关于升职。啊，是啊，比她年轻不少的男员工竟然当上了科长。于是，梢的内心防线决堤了。

那她跟 Myself 又是什么关系呢？

惠凝视着照片，但再也没看出什么。于是，她收回视线，把报纸扔到了桌子上。

反正随着搜查不断进展，这件事的真相也许迟早会浮出水面。惠本以为她不过是传销组织里的一只小老鼠。然而，犯这么大事的女人，在 Myself 里是不可能甘心做个小喽啰的。她也可能跟主办人泷田联手，正准备大捞一笔呢……

想到这里，惠打了个冷战。

原来茅子在不知不觉中已逼近了险境，所幸她及时地逃脱了虎口。

正这样想着，不经意间，惠的眼前浮现出真行寺的面容。

"好讨厌啊，又欠下他一笔人情。"

惠特意说出声来，将真行寺的面容赶出了脑海。

"店里进了一批上乘的牡蛎哦，来份醋牡蛎，怎么样？"

"哇，我要，我要！"

千波兴奋地嚷嚷着。

进入十一月，秋色渐深，正是牡蛎上市的季节，个个长得肥硕有弹性。

"我用酸橘代替了醋，这样更清爽可口。"

小碟子里盛着三只大牡蛎，旁边配有白萝卜泥和襄荷丝，浇上三杯醋[1]便可享用了。醋一般用的是米醋，用柠檬、柚子和酸橘也别有一番风味。

"牡蛎被誉为海洋中的牛奶，真是名不虚传啊。"

千波将牡蛎吡溜一下滑进嘴里，不胜感叹道。

"茅子太可怜了。她爱吃牡蛎，可每次吃都会过敏。"

"确实有这种人啊。"

惠回应着千波，思考起茅子母女二人的事情来。

咲子之后怎么样了？沟通能力有所提升了吗？

"对了，最近没见茅子来啊。"

"嗯，已经有两个星期没来过了，是不是工作很忙啊。"

茅子不来，是不是因为咲子出什么事了……

"晚上好！"

玻璃门开了，走进来男女两人。

1　三杯醋指的是将醋、酱油和砂糖（或甜料酒）搅拌在一起制作而成的酸甜味佐料。

"欢迎光临！"

看到客人，惠吃了一惊。眼前的两人不是晋平的朋友高峰和咲子的同事桃菜吗？而且惠察觉，高峰头部周围的一簇光亮正微微地照在桃菜的头上。

哎呀，其实不看这种东西，光是两人彼此对视的眼神，自然就能明白他们之间笼罩在一团亲昵的氛围里。

"印度尼西亚把二位连在一起了，好像聊得很投机啊。"

"能看出来吗？"

桃菜高兴地跟高峰对视了一下。一会儿的工夫，不知这是第几次交换眼神了。

"我俩寒假要一起去巴厘岛，我想让她教我冲浪。"

"我让他带我去爪哇岛，他在那里住过半年呢。"

"说是半年，只不过是在酒店和研究所之间往返而已哦。"

惠打心眼里祝福这对新人的诞生。

同时，她心里又略感遗憾。咲子要是像桃菜这样，也能自然轻松地跟男性接触的话，说不定现在跟高峰成一对了呢。高峰这样可靠温和的男人做女婿，茅子心里该有多踏实啊。

"店里进了上乘的牡蛎，醋牡蛎，尝尝吗？"

"好，必须的。"

"太好了！"

高峰和桃菜要好地异口同声道。

"我说，惠，这家店成婚率挺高啊。"

点完烫酒，千波低语道。

"穗香也是来这里以后定下的婚事，以前也有过客人成功配对吧？"

"是啊。"

店已经开了十年，也有过年轻顾客发展成恋人关系的。

"不过，那种事情是自然发生的……"

"有可能这里会变成婚活的 Power Spot[1] 哦。"

---

1 Power Spot 可以解释成气场或能量磁场（Energy Spot），指的是拥有眼睛看不到的特殊力量的场所，充满灵性力量之地。它是伪科学的一种说法，但日本人很流行拜访这样的地方。

"如果真是那样，我也很高兴啦。"

惠苦笑了一声，这时，玻璃门开了，茅子探进头来。

"哇，欢迎光临！好久不见了。"

"好久没来，不好意思哦。"

茅子坐在了吧台上，看上去动作有些吃力，脸上也露出疲惫之色。

"不会是咲子出了什么事吧？"

茅子摇了摇头。

"公司里发生了一些事情。"

"那就好……啊，也不好。没事吧？"

"嗯，算是过去了。"

惠没有继续追问，她麻利地递过手巾和小菜。茅子点了杯生啤。

"对了，以前什么时候说过的蟹面还做吗？"

"到了十二月做，我打算做成年底的招牌菜呢。"

"那我现在就预订。"

千波报上了名来。

"不过，我担心价格的问题。"

"没问题啦。卖不掉的全归我。"

千波微微露齿一笑，把脸转向茅子。

"我发现，这家店对婚活成功很灵验，所以得常来。"

然后，千波凑到茅子耳边，好像告诉了她高峰和桃菜的事情。茅子露出吃惊的表情看了看二位。

"祈祷对我家女儿也灵验灵验吧。"

茅子向惠摆出参拜的姿势，微微一笑。

"咲子之后怎么样了？"

趁千波去洗手间的工夫，惠问茅子。

"托您的福，很顺利哦。大家都对她很好，她本人也做得很愉快。"

"太好了。"

"毕竟是份临时工，能应付得来，这要是本职工作的话，我家女儿肯定做不来。"

茅子也明白，在 Camellia 这个夜总会里，咲子说起来是真行寺介绍来的"顾客"，是两三个月后就要走人的外行短工，不是女招待们的竞争对手。所以，大家才对她很热情吧。实行营业额制的专业女招待，实际上是在店里租借场地各自营业的"个体户",那绝对不是个简单的世界。

"接下来可是要看咲子自己了。"

"嗯,但愿有个好结果。"

千波从洗手间回来了,茅子兴奋地说道:

"这个周日,我女儿要去参加婚活派对哦。"

"我也去哦。你转告她,我们一起加油吧。"

千波爽朗地说着,又点了份关东煮。

第二周的周一,茅子打来了电话,听上去很兴奋。

"太好了,太好了!女儿终于到了约会这一关。"

茅子告诉惠,前一天举行的婚活派对上,咲子给了指名卡片,那位男士也把他的指名卡片给了咲子。

"周六约会,两人要去高尾山。"

"祝贺你!太好了。"

"谢谢!全都是你的功劳啊。"

咲子只不过才刚刚迈出第一步,但是茅子那个高兴劲儿,俨然咲子的婚事已成定局。不过,想想之前连第一关都突破不了，总是反复失败，现在无疑是一次很大的进步。

听到电话筒里传来茅子的喜悦，惠也喜上心头。

刚刚进入十二月。

时针转过七点的时候，咲子出现在了美咕咪食堂，身边还有一位白发男士。这位男士头发虽白，但脸看上去还是壮年，大约五十岁的样子吧，给人的第一印象是知性、认真。

"这位是铃木先生，是 Camellia 的客人。"

咲子向惠介绍了这位男士，就像介绍亲戚家的叔叔一样，态度自然得体。

"我只是陪别人去的。那么贵的店，不是一般上班族能去的地方。"

铃木说道，丝毫没有显摆的感觉。

"那以后请多多光顾我的店吧，这里除了蟹面，没有贵的菜品。"

"我说吧？"

咲子与铃木对视了一下，愉快地笑了。

看到这里，惠差点啪地打出响指。

太棒了！看来训练卓有成效啊。

咲子这种状态，婚活肯定也会顺利开展的，茅子的辛劳得到回报的日子不远了。

"来份小菜怎么样？"

惠向两位推荐了山药蟹味菇炒肉片。这是道极其普通的炒菜，山药和蟹味菇即将过季，在蚝油的衬托下，食材的味道格外鲜美。

"这个味道很下饭啊。"

"用来做便当也不错吧。"

咲子和铃木愉悦地聊着天，喝下两杯烫酒，吃光两盘关东煮，大约一个小时后离开了店。

两人应该是结伴到 Camellia 去了。待在美咕咪食堂的时候，两人怎么看都不像是客人和女招待，而是亲戚家的叔叔和侄女。

几天后，离营业时间还有一个小时，茅子就跑进了店里。她异常慌乱，情绪几近狂乱。

惠第一次见到这样的茅子，她震惊得一时说不出话来。

"惠，帮帮我。我该怎么办啊……"

说完，茅子一头趴在了吧台上。

"你冷静下，怎么了？"

惠慌忙走出吧台，抚摸着茅子的后背。

"咲子说要结婚！"

"哇，这不是大喜事吗……"

"不是啊！"

然后，茅子呜咽起来，话说不下去了。

惠坐在旁边抱着茅子的肩膀，任由她哭泣。

十分钟后，茅子终于收住眼泪，用纸巾擤了擤鼻涕。

"到底怎么了？"

"昨天她突然告诉我的，说要跟 Camellia 的客人、光友商事的一个上班族结婚。"

"光友商事那可是一流商社啊。"

茅子使劲地摇头。

"对方五十岁，有两个孩子，一个上初中，一个上高中，而且还跟他母亲同住啊！三年前死了老婆……所以，说是不能生孩子！哪有这么荒唐的事！"

惠也吃了一惊。

"条件是太差了点。咲子的话，好对象那不是可以尽情挑嘛。"

"是吧！惠，你也这么想的吧！"

茅子紧抓住惠的双肩，摇晃起来。

"怎么会发生这种事呢？"

是不是咲子被骗了？

"对方会玩弄女人？还是能干的实力派？"

茅子再次猛烈地摇了摇头。

"是那种随处可见的油腻中年男人啊。工作也不是能干的主，五十岁了，才混了个科长。他跟着部长去Camellia，我家女儿负责招待他。因为是不赚钱的客人，店里觉得派我女儿这种不顶用的就足够了吧。然后，竟然发展到这个地步……"

"那位是不是姓铃木？"

"你怎么知道？"

"前几天两人来过店里呢。他是不是白头发很多？"

"就是那家伙，那家伙！"

茅子仿佛被愤怒的火焰炙烤了一般，扭动了一下身体。

"不同意……我绝不同意！把人家的女儿当什么了！得养前妻的孩子，照顾婆婆和老公，一辈子全耗费在这些事上，连女佣都不如。可真想得出来……"

茅子再次情绪激动起来，泪水哽住了她的声音。

"茅子，你镇定啊，先冷静冷静。"

茅子使劲点点头，吸了吸鼻涕。

"惠，能不能跟我一起去见见铃木？"

"可以啊。不过，见面之前是不是应该先跟咲子好好谈谈呢？"

"没用的。那孩子现在对铃木着了迷，怎么能听进去当妈的话呢？"

"这么说怎么行呢。"

嘴上虽这么说，惠心里却认为茅子是对的。投向了男人怀抱的女儿，一般早就把父母抛到脑后了。

"这是怎么了？"

真行寺罕见地一脸困惑，抱着胳膊，像块石头似的僵住了。

"我也没料到会发生这种事。"

"那倒是啊。"

那天，惠也不知叹了多少气。

即将沉落的夕阳，将四十七楼真行寺办公室的窗户染成了绯红色。

"是地点不好的缘故吗？"

江户时代[1]的人是现实主义者，他们曾经留下过这样的格言：恋爱和幽灵，人们都听说过，但没人亲眼见过。彼时的烟花巷是人们享受"模拟恋爱"的地方，然而，其中也有弄假成真，甚至最后殉情的男男女女。

"要说恋爱是病的话，那也是传染病。银座不就是

1　江户时代指 1603—1867 年的 265 年间，是日本历史上武家封建时代的最后一个时期，以江户（今东京）为政治中心。

江户时代的吉原[1]吗？"

"还不到那个程度吧。"

真行寺吐出这么一句，松开了抱着的胳膊。

"不过，铃木健作这个人口碑不错，不管是在Camellia还是光友商事，听说都是出了名的认真诚实。"

"没说他人不好哦，毕竟打算正式结婚了呢。可是条件太差了，咲子才二十七岁，又是初婚啊。"

这话不知道听了多少回，真行寺不耐烦地仰头望天。

"反正，不管是我、你，还是她母亲，都束手无策。两个单身男女相遇相知，又是在理解了彼此境遇的基础上约定结婚的。这种事，不是我们局外人该掺和的吧？"

"这个我懂。不过，你设身处地地为茅子想想啊，她一个女人辛辛苦苦养大的宝贝女儿，怎么能送给条件那么差的男人呢？"

墨镜背后，真行寺将视线直直地投向惠。

1　吉原位于东京都台东区，江户时代的日本第一花柳街。

"从男人的角度来看，我觉得千千石咲子是个了不起的女人。条件好的对象有的是，可她偏偏选择跟带着俩孩子和老母亲的中年男人结婚。普通的上班族，离退休也不远了。生活不宽裕，又不能生孩子。即便如此，她还是要跟这个男人结婚，这不是一般的决心，应该是因为爱得很热烈吧。说实在的，我很尊敬她。"

真行寺一改往常，语气温和、真挚，沁人心脾。听着听着，惠渐渐恢复了平静。

"……他们两人决定的事情，的确，局外人无权干涉啊。"

"你为朋友担心，我非常理解。真心为朋友着想的话，不应该去反对她女儿的婚姻，从身心上去帮助朋友才是你应当做的吧？女人平均寿命将近九十岁呢，未来的路还长着呢。"

惠不禁苦笑了一声。

"确实，您说得对。"

那天晚上，正当惠放下门帘要打烊的时候，咲子和铃木来了。

"不好意思，这么晚。"

"太冷了，屋里坐。"

两人并排坐在空荡荡的吧台。咲子和铃木婚事已定，但是不知何故，在惠的眼里，他们不像是订婚夫妻，而是亲戚家的叔叔和侄女。

"母亲给您添了很多麻烦。"

"不，没有的事。"

咲子清澈的双眸注视着惠。

"老板娘，我绝不是随随便便的。"

"当然，我很理解你的心情。"

哪有女孩子会随随便便地选择条件差的对象。

"跟他一起的时候我很踏实，长这么大，我还是头一次想跟一个男人一直待在一起。学生时代我喜欢过别人，虽然也心动过，但很累，一个人独处时才会舒一口气。但跟健作在一起就不一样，分开后我一个人会觉得很寂寞。"

惠把目光移向默默看着咲子的铃木。撇开与咲子的关系来看，这个男人实在是太不幸了。老婆死了，撇下两个孩子，家里的事情交给母亲，自己继续上班。他本人没有过错，可结婚条件确实非常不好。想再婚，也很难找到合适的吧。

"只要咲子幸福，我觉得妈妈一定会理解你的。不过，我有一个疑虑，听说你们不能生小孩了，你能接受吗？"

"是的。"

咲子回答得很干脆。

"把他的孩子当成自己的来养，这种漂亮话我不想说，因为我成不了孩子们的亲生妈妈……只是，我以前就没想过要孩子。"

咲子瞅了一眼铃木。

"所以，就算没有孩子，我们应该也会过得很幸福。"

"人生很长哦。"

"没问题。"

然后，咲子仿佛回忆起什么似的，视线迷离了起来。

"我常常想，要是没有我，我妈妈就不用受那么多苦了。"

"那样的想法不对哦。因为有咲子在，妈妈才活得那么努力，不是吗？"

"嗯。不过，如果没有我，妈妈可能会找个人再婚，过得比现在幸福吧？"

咲子嫣然一笑。

刹那间，惠恍然明白了说不要孩子的咲子的本意。咲子饱尝了茅子给予自己的母爱，物极必反，是不是因为母爱太深，反而让她不愿意做母亲了呢……

"老板娘说得对，人生很长。我们也许以后想法会变，但是无论发生什么，我想只要彼此信赖体谅，就都能克服。"

铃木语气沉稳，淡淡地说道。铃木经受过人生考验，他的这番话，惠听上去很有分量。

惠终于明白了。咲子和铃木所向往的，不是 A5 级别牛排[1]那种昂贵的高档品，而是猪肉片炒时蔬，这种

1　日本牛肉根据出成率和质量分为 A1~A5、B1~B5、C1~C5，共 15 个等级，A5 为最高级别。

唾手可及的朴素家常菜一样的幸福。

　　"咲子，我以前就觉得你是个好女儿。虽然有些胆小内向、怕生，但是你诚实、深思熟虑、内心坚强。今天，我终于明白了，你找到了最适合自己的人生伴侣啊。"

　　咲子莞尔一笑，与铃木相互看了看。

　　"谢谢你，老板娘。"

　　"恭喜你们结婚。"

　　这时，惠看到两人头部后方突然亮起了一簇光。

用咖喱牡蛎俘获芳心

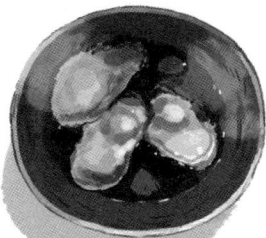

美咕咪食堂每年元月一日至七日放假休息。今年一月八日周一恰逢成人节 [1]，所以从九日开始营业。

"新年立下誓言，今年我一定结婚！"

吉本千波刚刚坐定，手端生啤酒杯斗志昂扬。

"啊，不错，加油哦。"

左近由利举起烫酒杯，摆出干杯的姿势。

"去年这家店都有三个客人结婚了呢，我也不能每天虚度光阴了。"

"心态不错哦。想结婚的话还是早点好啊。到我这个年龄，可就没有热情了。"

由利放下酒杯，把筷子伸向小菜——芝麻拌菠菜。这道菜的做法，是把炒好的芝麻放在擂钵里磨细，等油

---

1 日本法定节假日，庆祝 20 岁的青年长大成人（2022 年 4 月 1 日起成人年龄将下调至 18 岁），激励他们增强成人自觉意识，自强自立。2000 年以前是 1 月 15 日，2000 年以后改为每年 1 月的第 2 个星期一。

分充分渗透出来，再用砂糖、味噌和酱油调味。浓郁的芝麻风味是手工制作独有的，跟市面上卖的相比别具一格。

"年轻的时候我觉得结婚没有所谓的适龄期，等上了年纪才明白适龄期的说法是有道理的。跨入新的环境，还是需要人年轻一点和有足够的精力。"

惠的话说到由利的心坎上了，由利点点头。

"对，对。不能胡思乱想，要有勇往直前的那股劲头。"

"成天思考如何规避风险的话，是结不了婚的。冷静下来想想，婚姻本来就充满了风险。"

惠切着腌白菜说道。腌菜是美咕咪食堂里少数几样常规菜品之一，除了时令蔬菜做成的米糠酱菜以外，十二月到次年三月是腌白菜，六月和七月是瓜类印笼腌菜[1]组合。最近很多家庭都不做腌菜了，所以这道菜虽

---

[1]　印笼腌菜是将菜瓜、黄瓜等两端切掉，剜去中间的瓤后，里面装满紫苏、辣椒、嫩姜等腌制而成的一种咸菜。因其切口形状像古代用来盛放印章的小盒子印笼，故得此名。

然朴素了些，但很有人气。

腌菜加上常规的茶饭、味噌汤，为那些最后想垫垫肚皮的客人搭配的"套餐"就做好了。

"我上一代的人说过这样的话，以前的女孩就像是圣诞节蛋糕，过了二十五就卖不出去了。"

"可恶。"

千波用力地皱了皱眉。

"不过确实是'事成的情侣进展快'啊，你看，穗香、咲子、巴厘岛的那个女孩，不都是认识三个月左右就修成正果了吗？"

由利佩服地摇了摇头。

"你说的完全正确。所以千波啊，你接下来也很快了。"

"欸？真的？你怎么知道？"

千波突然靠向惠。

"因为你今天眼睛的颜色跟以前不一样哦。茅子不是说过吗？有了'一定要结婚'的强烈愿望，就会梳理出自己能够接受的条件和接受不了的条件，这样终点也就近在眼前了。千波，你真正的婚活现在开始啦。"

"好嘞，我努力！"

千波伸出酒杯，由利也举起酒杯摆出干杯的手势。

"庆祝婚活开始，来份蟹面。"

"谢谢。"

蟹面一份一千五百日元，虽然这是美咕咪食堂最贵的菜品，但是惠已经最大限度地压低了价格。去掉成本和人工，这道菜几乎赚不到多少，但为了给常规菜品的主角关东煮增添些季节感和新鲜感，这种尝试还是有必要的。

"茅子最近怎么样？"

由利夹起腌菜问道。

"应该很忙吧。昨天举办婚礼了。"

惠是从咲子那里听说的婚礼日期，据说只是家中自己人聚在一起低调举办了一下。

"茅子还在生气吗？"

"好像已经平静多了。"

当初精神几近崩溃的茅子，随着时间的推移逐渐恢复了冷静。不过，好像她内心还是没法祝福女儿的婚姻，说不会参加婚礼。

"我理解茅子的心情，但婚姻毕竟是当事人之间的问题。"

由利同情地说着，拿起酒杯，一饮而尽。

"而且，现在说不要孩子，等前妻的孩子长大成人后，没准又想要一个呢。那时咲子也只不过才三十几岁，完全可以怀孕的。"

"可是到那时候，她老公快六十了吧？没问题吗？"

"没问题的，还可以做试管婴儿嘛。"

"不，不，我说的是经济问题。"

千波表情怔住了。

"快退休的时候生孩子，多辛苦啊。生活全靠养老金，未来一片灰暗啊。"

"咲子的话，应该没问题。"

惠确信地回答。

"咲子结婚不是为了贪图轻松和奢侈，没钱也会按没钱的条件把家操持好的。"

做占卜师和关东煮店老板娘的经历，让惠深深地感受到，金钱问题归根结底是信任关系的问题。几乎没有夫妻会仅仅因为没钱而导致关系紧张。相互间失去了信任，金钱问题就会浮上水面。

惠想起了咲子和铃木头部后方的亮光。只要那簇光还在，二人关系也就稳如泰山。

"不过，千波担心钱，由利担心生孩子的问题，感觉好像反了啊。"

由利神色忧郁地叹了口气。

"最近我了解了一下卵子老化的问题，很抑郁。"

"卵子老化？"

"嗯。听说卵子也会变老，二十六岁达到峰值后开始老化，而且是不可逆的。"

由利的表情更加沉重了。

"据说四十多岁的女性即使受精了，胚胎也很难成活。听说要是经过不孕不育治疗，三十五岁生孩子的出生率是 16%，四十岁是 7%，这个数据太让人震惊了。"

千波一脸诧异。

"我一点儿都不知道，原来由利你想要孩子。"

"我并不是想要孩子啊，只是……"

由利停顿了一会儿，把目光投向酒杯。

"想到将来不是自己决定'不生'，而是'生不了'，心里就感觉有些凄凉，总觉得好像被烙上了女人失格的烙印一样。"

"这我理解。我也是'不结婚'可以，'结不了婚'就讨厌了。"

惠也有过同样的感触。以前并没有特别想要孩子，但是即将独身一人迈入五十岁的时候，还是不免感到孤独。

从今往后，自己的血脉将不再传承下去，所有的一切将在自己这一代终结，死后不留一物在世……

当然，惠并非从未预想过将来会有这种境遇，只是四十过半之前，她还迷迷糊糊，意识不到问题的严重性。然而，突然有一天，这个问题清晰地出现在了眼前。蓦然间，在原业平[1]的和歌[2]"常闻必经路，安知在眼前"浮现在了惠脑海的一隅。惠平时并没有特别喜爱

1　在原业平（825—880），日本平安时代前期的和歌诗人。

2　和歌是日本的传统诗歌，由中国古代的乐府诗发展而来。

和歌，但当时没有比这句更契合她心境的表达方式了。

惠如同咬了一口涩柿子，满口苦涩，深感不该小看传统的老话。

一种固定的形式之所以固定下来，有它自身的必然性。虽说婚姻制度现在已经疲软不堪，但它无疑是人类的一项伟大发明。光靠恋爱，男女关系是不能长久的，需要外在的助力。于是，出现了婚姻制度，产生了家庭这一形态。所以惠觉得，还是结婚好，再生个孩子更好。有人讨厌结婚的话，无须勉强，但是如果有人想结婚却结不了，惠便想帮助她们，为她们做点什么。

"有冻卵这种方法哦。"

由利的话打断了惠的回忆，把她拉回现实。

"我听说过。先把卵子冷冻起来，时机成熟时再解冻使用，对吧？"

千波说得很直白，不过事实确实如此。

"由利，你不会要做吧？"

由利皱了皱眉头。

"还在思考中。实际上比起冻卵，还是要先找到男朋友。"

"说得对！"惠把到了嗓子眼的话咽了回去，只是默默地不住点头。

"不过，做了感觉保险些……"

话说了一半，由利闭上嘴巴，轻轻地摇了摇头。

"这跟保险还不一样，可能跟护身符差不多吧。"

由利微微地耸了耸肩，朝千波笑了笑。

"所以说，好事不宜迟，趁还来得及，婚活要多多加油哦。"

由利面向前方，伸手去拿酒杯，脸上掠过一丝自嘲的表情。这一幕惠看在眼里，心里一阵刺痛。

"由利也会遇到好人的。前段时间，我模模糊糊地看到一个棱角清晰的男士脸庞。"

实际上她看到的是一个侧影，但现在是不是侧影也无所谓了。由利突然抬起头，喜悦溢于言表。

"好高兴啊！感觉有希望了。"

"由利，我们一起努力哦。"

千波又一次举起酒杯，准备干杯，由利跟着也拿起酒杯，但是突然又把手缩了回去。

"干杯……等等，我可不参加婚活哦。"

"行了，行了，干杯！"

千波猛地抬起酒杯，将剩下的啤酒一饮而尽。

"鱼白橙醋！"

见延晋平在吧台上坐定，看到贴在墙上的菜单，立刻点起菜来。

九点已过，他很少这么晚来。好像换班似的，原本占据吧台的上班族一行四人站起来离开了，店里只剩下了晋平一个客人。

"喝点什么？"

惠端上小菜询问道。晋平一般喝啤酒或碳酸酒，但与鱼白橙醋最配的还要数日本酒。

"我看看……先来杯生啤，小的，然后再来杯日本酒，烫的。"

这样说着，晋平拿过一双一次性筷子，啪的一声掰开了。

"这是小卷心菜。已经上市了。"

晋平吃了一个，嘴角露出微笑。小卷心菜只有冬天到早春期间才会上市。先在开水里稍微焯一下，然后用黄油炒一炒，撒上胡椒盐和些许蒜末提味。做法简单，却可以享受到时令小卷心菜的美味。

"来点关东煮当作啤酒的下酒菜吧？"

"那来份白萝卜和油炸豆腐吧。"

晋平看了一眼吃光了的小碟子。

"再来份小菜，可以吗？"

"好啊。"

惠立刻给晋平撤下空碟子，换了一碟新的。

"这家店很有季节感啊。我以前不知道鱼和蔬菜的时令季节，自从来这儿吃了各种菜品，慢慢地也懂了。"

"那可真是过奖啊。"

"白色蔬菜是冬天的时令菜，鸭儿芹是春天时令菜，冬瓜是夏天有，芋头是秋天……"

晋平一个一个掰着指头说道。

"对了，那个菜什么时候再做吧，'穷人的芦笋'。"

"那个好说哦，冬天的话什么时候都可以做。"

"穷人的芦笋"是法国人取的名字，指的是煮软的韭葱。惠会用时令大葱替代韭葱。煮好的大葱趁热撒上盐和芝士粉，淋上橄榄油和葡萄酒醋，放入冰箱冷藏后取出，然后浇上蛋黄酱。做法非常简单，甚至称不上是料理，但它在美咕咪食堂是很受欢迎的一道小菜。

惠先端上今天的推荐菜鱼白橙醋，等晋平喝完啤酒的时候，又端上烫好的日本酒。

"啊，融化了……"

嘴里含着鱼白，晋平陶醉地眯起眼睛。鲜奶油一般浓郁的味道，既不像鱼子，又不似牡蛎，是一道独特的美食。

"得感谢古人啊，教给我们鱼内脏无处不是宝。"

"像晋平你这样的年轻人能这么说，我好高兴啊。早就听说现在日本人的饮食里，鱼类占比越来越小。"

惠看着晋平，脑海里浮现出可以形容他的一句话："这样的男人，我都想让他做女婿。"晋平正值结婚适龄期，温和、知性，工作稳定，外表也过得去。跟晋平结婚的女孩想必一定会幸福的……

惠不由得想起了茅子。茅子是不是内心希望咲子跟晋平结婚呢？至少也是"像晋平这样的男士"……

"晚上好。"

玻璃门开了，茅子走了进来。

"啊，欢迎光临！"

惠的声音不由得比平时高出不少，算来她已经一个多月没见到茅子了。

"太好了，又见到你了。今天有鱼白橙醋哦。"

茅子微微一笑，点了生啤、三种关东煮和鱼白橙醋。许久不见，茅子明显瘦了，旁人都能看出来，应该至少瘦了三公斤吧。

"好像瘦了啊，在减肥吗？"

茅子苦笑着摇头。

"肯定是操心操的。我的工作岗位换了。"

"是吗？"

"西进改装后，柜台减少了，辞退了很多派遣员工。我被调到了新宿的吉长，这次是男装柜台。这么多年一直在女装柜台，情况不一样，太不适应了。"

"原来是这样啊。"

茅子是在派遣公司注册的售货员，在西进百货商店工作了十年，突然换地方，肯定很辛苦。

"不过，你有多年的工作经验，没问题的。"

惠并不是为了安慰茅子才这么说的，但是看茅子那憔悴的模样，事情可能比惠想象的严重得多。要是咲子没结婚，还留在茅子身边的话，现在面临的情况或许虽然一样，但茅子可能会更有精神一些吧。这样想着，惠不禁对自己曾经在咲子的婚事上推波助澜，而感到愧疚……

"咲子好像挺好的。"

茅子突然转换了话题。

"终归是我这做父母的太任性了啊。"

"怎么了？"

"我本来一直为咲子的婚事着急忙活，可一旦她婚事定下来了，我又强烈反对……"

"啊呀，那是因为……"

茅子没等惠说完，就摇起了头。

"对方条件再好，我肯定也是一样会反对的。只要咲子嫁出去了，我都会跟现在这样，孤独得受不了。现在我终于想明白了，嘴上说想让她结婚，内心其实是不想放她走的。"

"那没办法啊。你们一直是两个人一起生活，少了一个当然会很孤独。这不是任性也不是自私，是很自然的感情啊。"

"……是这样吗？"

"是啊。"

茅子凄凉地笑笑，点了壶烫酒配鱼白。

晋平默默地听着茅子和惠的对话，眼神里浮现出一丝心疼。他将杯子里剩下的酒一饮而尽，然后略显紧张地张开了口。

"不好意思，我作为旁人插句话。千千石，我觉得您最好把自己的真实感受告诉您的女儿。"

茅子和惠都吃惊地看向晋平。

"您到底有多爱您的女儿，虽然我只是在这家店里了解到一些而已，但仅仅是这样，我也非常清楚。对您女儿来说，想必也认为您非常重要。有缘生为母女，和和睦睦这么多年，却让本该喜庆的婚事破坏了二位的关系，这多奇怪啊。太可惜了。"

晋平语速比平时快，他一改以往温和冷静的态度，连珠炮似的说着。他就像开着一辆即将没油的汽车，又像要在剩下的一分钟内与怪兽决一胜负的奥特曼，拼命地使上浑身解数。

惠和茅子被眼前的晋平惊得目瞪口呆。

"跟女儿联系一下吧，发信息、打电话、写信，怎么都行。您女儿刚刚结婚，肯定很辛苦，需要妈妈的帮助，她一定也很想您。所以你们联系联系，和好吧。就这样彼此疏远的话，太可惜了。"

晋平认真地劝说茅子，言辞之间充满了诚意。听着听着，惠被深深地打动了。相信茅子也有同感吧。

"谢谢。"

茅子用手巾轻轻地擦了擦眼角。

"见延君说得对，回家我就给女儿打电话。"

"太好了！一定要打啊。"

晋平脸红到不行，那是他一反常态，热烈表达意见之后感到兴奋和羞涩的表现。

惠的泪腺也快要决堤了，她连忙忍住，故作平静。

"我也向你道个谢，谢谢你，晋平君。"

晋平羞涩地低下了头。

"送你一份蟹面表示感谢。"

"可以吗？"

"嗯，反正是卖剩下的。"

"这句话就多余啦。"

惠笑着从架子上拿出一个酒杯，放在吧台上。

"今天就到这儿了，下班。我也来喝一杯。"

千波露出洁白整齐的牙齿，扑哧一声用嘴撕下一口短爪章鱼。

"外资企业的基金经理？"

"嗯。啊——这个小章鱼软软的，好好吃，而且鱼子也很有弹性……"

千波与婚活派对上认识的一位男性交换了个人信息卡片，上周日两人约会了。据说那位男士三十五岁，年收入五千万日元，计划四十岁之前独立创业，创建自己的基金公司。

"哇，好厉害啊。"

"和世界顶级的还差得远呢，听说基金公司能挣的人年收入几千亿。"

"金额过于庞大，听着反倒没有感觉了呢。"

惠一边往盘子里分盛关东煮，一边回应。

"然后呢？怎么样？还合得来吗？"

"怎么说呢，一般吧。要挑剔起来的话，还是有不少想说的。"

"千波，真是士别三日当刮目相看啊。"

由利略带嘲讽地说着，在牛筋上抹了点芥末。

"对了，老板娘，信印度教的人不吃牛肉吧？"

"嗯，所以印度人见到牛肉咖喱，好像都会说，

'印度人也要大吃一惊'[1]。"

惠从烫酒容器中取下酒壶，用毛巾擦了擦上面的水珠，放在由利面前。

"那么这里的关东煮，除了牛筋以外，他们都能吃吧？"

"我觉得可以……你突然这是怎么了？"

"负责我们公司电脑维修的员工是个印度人，特别优秀，前几天在西葛西的咖喱店偶然遇到……"

西葛西有印度人社区，住在那里的人很多是 IT 相关的技术人员和他们的家属。因千年虫问题，印度 IT 技术人员的签证政策得以放宽，于是他们就在那里形成了社区。这个地区有几家正宗的印度料理店，很受印度人欢迎。

"他给我讲了很多关于印度料理的知识，那家店还赠送甜品，感觉非常不错。我想下次还礼请他吃日本料

---

1 这句话源自 1964 年爱思必食品公司的一则"特制牛肉咖喱"电视广告。广告中，扮成印度人模样的演员被咖喱饭的美味震惊到跳起来说："印度人也要大吃一惊。"这句台词当时很流行，后来在日本常用于表示吃惊的意思。

理，想想价格方面的匹配度，应该吃关东煮或是烤鸡肉串。但是比起烤鸡肉串，是不是关东煮更日式呢？"

"看来我这家店要成为日印友好之地了，荣幸啊。"

由利从串上咬下牛筋。

"啊——这么好吃的牛筋吃不了，他们真可怜。"

"是啊，还好日本人在吃上没有什么禁忌。"

"我再怎么喜欢，也不会跟信伊斯兰教的人结婚。不能喝酒，我受不了。"

由利嘴里含了口烫酒，夸张地摇摇头。

这时，哗啦一声，门开了，走进来三位女士。三人都是新面孔，年龄在三十岁左右。

"欢迎光临。"

"晚上好。"

三人在吧台一端坐下，拘谨地环顾了一圈。

"各位想喝点什么？"

惠递上手巾询问道。三人把头凑在一起低声商量了一会儿，异口同声地说道："来杯生啤。"

三人干完杯后，丝毫没有点菜的意思，视线一直在店里游移。她们在找什么呢？除了这三人，店里还有千波、由利，以及两个中年上班族。

"各位是第一次来吧？"

三人一齐点头。

"我这儿的关东煮常规菜品里，牛筋和葱段金枪鱼很受欢迎哦。还有时令菜，今天有短爪章鱼和带子长枪乌贼。要来点什么吗？"

三人对视了一下，又开始窃窃私语地讨论起来。

惠深感诧异，这三个人为什么来美咕咪食堂呢？这里的店面装修并不是那种能够吸引年轻女孩的风格。往好听的说，是昭和[1]怀旧风，实话实说，就是又旧又破。而且观察下来，三人并没有想吃着关东煮喝一杯的意思。

"那个……"

其中一位怯声怯气地张口问道。

"这家店平时都是这种感觉吗？"

---

1 指昭和时代（1926—1989）。

惠一时间不知道如何回答。"这种感觉"指的是什么呢？

"……不一定哦。有时客人多，有时客人少。也看时间，有的客人会晚些时候来。"

三人又把头凑在一起，压低声音交谈起来。

"我们不是这个意思……"

另一位要解释，但是吞吞吐吐的，她刚开口便停住了。

"年轻男客人多吗？"

第三位女士把话接了过去，代表同伴们问道。

"这个嘛……也是每天都不一样，有时候多，有时候少。"

她们的脸上明显露出失望的表情。

"这跟听说的完全不一样啊。"

她们的声音传到了惠的耳朵里。

"不好意思，你们听说什么了？"

惠困惑地问。

三人一同转向惠，表情里不仅有失望，甚至还有愤怒，那种被辜负期待、被欺骗了的愤怒。

"我们听说这家店是婚活 Power Spot。"

其中一个人不快地回答。这下轮到惠、千波和由利吃惊了，她们彼此对视了一眼。

"是谁这么说的？"

"SNS 上看到的。说是在这家店里认识男士结婚的，光去年就有三个人。"

惠与千波、由利再次对视了一下。

"嗯，确实去年有三位女客人结婚了，但是在这里认识后走到一起的只有一对，其他人都是跟在婚姻介绍所或别的店里认识的人结的婚哦。"

"啊？！"

"什么嘛。"

"失望，这不就是普通的店嘛。"

三人你一言我一语地说着。

"可是，一年时间能有三个人婚活成功，难道不厉害吗？"

千波故意提高了嗓门，对由利说道。

"确实啊，这么个小店一年就有三个人结婚，成婚率好高啊。"

由利也夸张地做佩服状。

"Power Spot，就是能获得 power 的地方吧？在这里获取能量后努力参加婚活，就会有好运的吧？"

千波像是寻求赞同似的抬头看看惠。

"那样就好了，会那么顺利吗？"

惠淡淡地回答。千波不出声地动着嘴唇，口型显示："这怎么行！"惠苦笑着摇摇头，知道再怎么招揽这三位女士，她们终究也不会成为这里的客人。美咕咪食堂是普通的关东煮店，不想被误会成相亲类的居酒屋[1]。

三位女士很快就离开了店。只喝生啤，吃小菜，还没吃关东煮就走了，这样的客人惠可能还是第一次遇到。

"什么人呀，态度真恶劣！"

千波毫不掩饰地露出不愉快的表情，由利也不耐

---

1 居酒屋是日式酒吧，喝酒吃饭的地方。居酒屋大多提供啤酒、碳酸酒、日本酒等，菜品在种类和数量上都比西式酒吧多。

烦地说道：

　　"不知道是谁散播出去的，说实在的，很烦人。这里要是变成结缘胜地，那就连酒都没法安静喝了……"

　　话音未落，玻璃门打开了，晋平走了进来。

　　"啊，欢迎。"

　　"这是晚了一步，还是来得正好呢？"

　　千波瞥了晋平一眼，对由利耳语道：

　　"来得正好啊，遇上那种人，他肯定也会很烦吧。"

　　晋平诧异地问：

　　"发生什么了吗？"

　　"刚才来了几个女孩，把这里当成结缘胜地了。"

　　惠说完，千波补充说：

　　"嫌这里没有帅哥，生气走了。"

　　"这……可真没礼貌啊。"

　　晋平用手巾擦着手，有些困惑地看着惠。

　　"是啊，现在是社交网络时代，毁誉褒贬，什么都会被扩散出去。作为饭店，除了静观其变，也没什么办法……今天有短爪章鱼和带子长枪乌贼哦。"

"各来一份，再来一份中杯生啤。"

有两位上班族起身离开，店里只剩下了千波他们三个客人。千波好像酒劲上来了，眼神迷离起来。

"我说，由利，刚才的话……"

"什么来着？"

"Power Spot。你觉得有婚活 Power Spot 吗？"

"怎么可能有呢。"

"不过，不是有地缚灵[1]吗？有负能量的话，就有正能量吧？"

"不好意思，我不相信有地缚灵。"

"啊？很有名的哦。大手町平将门的首塚[2]、羽田机场神社的鸟居，这些地方只要动一动，必定发生事故，据说死过好几个人呢。"

1　一般出现在日本漫画里，是指人或其他物体死后，活动范围有地域限制而被束缚在该地的亡灵。它们不会无故伤人，但只有它们的心愿了却了才会走。人、动物、植物甚至没有生命的物体都会形成地缚灵。

2　平将门是日本历史上唯一一起兵造反天皇的武将，于 940 年在平安时代中期的承平天庆之乱中战死。将门塚作为埋葬其首级的塚而被大家熟知，现位于东京大手町，成了历史遗迹。此处提到的这两个地方，据传一旦移动位置，人们就会发生灾祸，因此已经成为东京的都市恐怖传说。

"那只不过是偶然和人为过失撞到一起了吧。"

"挖掘过图坦卡蒙陵墓的人，可都被诅咒死了。"

"那是假的，听说实际上人家寿命都很长哦。"

由利不耐烦地挥了挥手，而千波好像都没意识到自己在说话，半睁着惺忪的双眼，打起了瞌睡。

"千波，你喝醉了，该回去了。"

"好喔。"

千波老老实实地回应着，从包里取出钱包。看到千波这样，由利也把包拉到身旁，准备要埋单。

"谢谢光顾。"

两人走后不到十分钟，茅子出现了。她上次来已经是一个多星期以前的事了。

"欢迎。千波和由利刚刚还在呢。"

"错过了啊。"

茅子入座前，朝晋平恭恭敬敬地行了一礼。

"托您的福，上个休息日我去女儿家了。"

"是吗？太好了。"

茅子开心地微笑着，在晋平旁边隔着一个座位坐下。

"我是下午去的，帮忙做了些家务，然后跟他们一家一起吃了晚饭后回家了。去之前我还愁这愁那的，实际见了面，这些忧虑突然全消失了。"

像是被茅子的喜悦感染了似的，晋平和惠都笑了。

"真傻啊，我现在都不明白自己当初为什么那么生气。"

"见面聊聊，彼此的心情就容易理解了。真是太好了。"

晋平又加了杯啤酒，茅子点了杯烫酒。

"听说今天来了三个人，说这家店是婚活 Power Spot 呢。"

晋平简要地跟茅子讲了刚才发生的事情。

"……原来这样啊。"

茅子认真地听着。

"老板娘，你相信 Power Spot、地缚灵之类的吗？"

"嗯——这个嘛……"

如何回答是好？惠犹豫了。惠能看到常人眼睛看不到的东西，拥有上天赋予的这种能力，她自然无法否定超自然现象。

"这事只能在这里说哦，以前我因为电视台的工作去过一个村子。那个村子传言有地缚灵，节目策划去那里弄清地缚灵的真相。过了桥，河对面就是那个村子。可是在快走到桥头的时候，我突然浑身发冷，身体特别难受。然后越来越严重，最后差点儿倒下了，于是到了桥头又折了回去……后来，电视台又委托其他有灵力的人，结果那位也是身体不舒服，后来那个节目被取消了。"

晋平和茅子屏气凝神地听着。从未听惠讲起过占卜师时代的事情，两人都听得津津有味。

"后来打听了一下，据说那个村子过去一百年里，过半以上的家庭中都有人上吊自杀。"

"真的？"

晋平吓得耸耸肩，茅子紧紧地握住了双手。

"是真的，所以才麻烦呢。又不能跟村民说'这块地风水不好，还是搬家吧'。但是不管怎么想，这样的事都不寻常吧。"

"是诅咒吗？"

"不知道。可能村里有极微量的瓦斯产生，诱发了自杀……"

茅子战战兢兢地问道：

"是战国时代[1]发生过战役之类的那种地方吗？"

"不知道。只是……我们知道了这世上还有那种地方，但即使知道了，也没什么办法。"

这样回忆着，惠不由得叹了口气。

"能离开村子的人倒好说，可有些人只能留在村子里生活。细想一下，人不能选择父母，也不能选择出生地，生来就是不公平的。"

茅子扑哧一声笑了。

"这么说就没辙了哦。"

"是呢。"

惠从架子上取出了酒杯。

"我也喝一杯。看着二位，我也想喝酒了。"

1　指 1467 年应仁文明之乱至 1568 年织田信长进京约一世纪的动乱时代。

惠斟了杯冰镇樽酒，跟晋平和茅子碰了碰杯。

"我不懂那个世界的事情。但对于婚姻的话，我觉得两人相遇的场所是很重要的。"

茅子温和地看着晋平。

"在玩的地方遇到的人是玩伴，工作中遇到的，往往会因为工作关系分手吧？"

"这么说来，感觉确实是这样……"

晋平仰头看了看天花板，然后点点头。

惠也赞同茅子的说法，她想起了自己的事。做占卜师的时代，惠与异性的接触都跟工作有关，工作一结束，交往也就结束了，未能发展成恋爱关系。惠在自己厄年的那一年（虚岁三十三岁）与中江结婚，可能是因为接触频繁、一起工作的时间很长，过程中两人渐渐超越了工作伙伴关系吧。

茅子说："所以，见延你要是什么时候认真考虑结婚了，我建议你去婚姻介绍所，那里聚集的都是想结婚的人。"

"好，我铭记在心。"

晋平一脸乖巧地点了点头。

惠看着眼前的晋平和茅子，很是欣慰。晋平真诚地接受茅子的忠告，茅子也爽快地接受晋平的劝导。相互之间能够如此坦诚，是因为他们年龄差距像母子吗？还是因为两人合得来呢？

"这位是系统工程师纳莱因·拉曼。"

那天晚上，随同由利来美咕咪食堂的是一位四十岁左右的印度男士。

"晚上好。热烈欢迎。"

"晚上好。"

拉曼用清楚的日语打了声招呼。要是没有事先听说过是印度人，估计看不出他是哪国人。说是伊朗人或土耳其人也行得通，又像晒黑的欧洲人。本来惠就对印度有什么样的人种一无所知。

寒暄结束后，由利用英语对拉曼解释了什么是关东煮。

"先每人来杯啤酒，然后您看着上些关东煮吧。啊，不要牛筋哦。"

"好的，谢谢。"

今天的小菜是咖喱煮牡蛎。客人来店以后，惠将生牡蛎放进热咖喱汁里，半生状态下加热后提供给客人的一道小菜。

拉曼看看小菜碟子，微微一笑。

"哇，咖喱煮牡蛎，太走心了。"

"你告诉我会带印度朋友来，所以我临时把奶汁烤菜替换掉了。"

由利大口地吃着牡蛎，用力地竖起了大拇指。

"真好吃。"

拉曼也使劲地点点头，赞美道："Very delicious（非常美味）。"

并排坐在吧台的一位女士有些不好意思地偷偷看了拉曼一眼。惠也一样，眼睛总是不由自主地去看他。

拉曼就是一个美男子。惠活了这么多年，说他是肉眼所见过的最帅的一个也言不为过。感觉做系统工程师可惜了，不过，也许正因为是系统工程师，他才会有这种知性干练的表情。

　　再来看由利，坐在带"超"字级别的帅哥旁边，竟然既不紧张，也无讨好之态，跟平时并无两样。她像与千波和茅子相处时一样，态度清爽自然。惠听不懂他们用英语交谈的内容，好像由利时而也会语言辛辣，拉曼或苦笑，或不知如何回答的样子。

　　由利一点都不心动吗？

　　女孩心动的时候声音比平时高，外人看来一目了然，而由利的声音自始至终都很低。惠在旁边看在眼里，不觉心生遗憾。

　　面对这么帅的人都不心动，以后还会有心动的时候吗？

　　拉曼好像对关东煮很中意，吃了很多，筷子用得也很熟练。他和由利聊得起劲，偶尔也会把话头抛给惠。聊着聊着，惠禁不住问道：

　　"我问个愚蠢的问题，拉曼吃日本的咖喱吗？"

　　"我吃过咖喱面包和咖喱乌冬面，味道不错。"

　　拉曼未经由利翻译，便立刻回答了惠。原来他是懂些日语的。

"除了印度，咖喱吃得最多的国家一定是日本。现在超市里不仅有咖喱，还卖馕呢。"

拉曼微微一笑，对由利说了句什么。

"他说很吃惊，东京有北方咖喱，也有南方咖喱，但在印度，南方只吃南方咖喱，北方只吃北方咖喱。"

"哇，是这样啊。"

"我以前也不知道。他说馕不是全印度都吃的，馕和恰帕提[1]是种植小麦的北方食物，南方吃大米。咖喱也不一样，好像北方味重，南方咖喱更清淡哦。"

拉曼给由利补充说明了一番：一般家庭没有壶窑，所以馕和印度烤鸡不是家常料理。北方咖喱使用黄油、牛奶和鲜奶油，味道浓郁；南方咖喱使用椰奶和酸豆汁，味道清淡。不仅如此，调料、材料、做法等也各不相同。

"我一直以为把咖喱涂在馕上吃是正宗吃法，原来

---

1 印度烤薄饼。

不是啊。"

惠深有感触地点了点头，突然想起了一件事。

"前几天由利你去的西葛西那家咖喱店，是北方风味，还是南方风味？"

"那个是北方的，味道重，而且他老家是新德里。"

惠的脑子里浮现出印度半岛地图，但不知道新德里在哪个位置。她暗自反省道：已经是印度客人光顾关东煮店的时代了，可我也太懈怠了。

由利低声补充说：

"还有呢，北方和南方人种也不一样哦。语言也都不一样，因此通用语是印度语和英语。国家大就是复杂啊。"

"晚上好。"

玻璃门开了，千波探进了脑袋。

"两个人，可以吗？"

"没问题，请进。"

惠跟常客打了声招呼，请他移出了一个座位。店里只有吧台座位，这点客人们都理解，答应得很爽快。

　　跟在千波后面进来的是位年轻男士，看上去二十二三岁，比千波还要年轻。

　　"这是我朋友新谷。"

　　千波介绍了同伴后，两人都点了生啤。

　　"今天的小菜做得很用心哦。"

　　惠端上咖喱煮牡蛎，千波欢呼起来。

　　"新谷，想吃什么点什么，这里的菜全部都好吃。"

　　"那我全部都点。"

　　"喂，喂。"

　　两人愉快地笑了。千波言谈举止像姐姐一样，这个那个地给新谷介绍关东煮。

　　惠望着两人，诧异地想，千波跟前几天相亲的那位基金经理怎么样了呢?

　　"新谷是乐队成员哦，平时在清洁公司打工，负责我们医院。"

　　千波与惠对视了一下，轻描淡写地介绍道。

　　"我前几天去一家店吃午饭的时候，把手机忘在店里了。当我正慌慌张张地准备去取的时候，新谷给我送过来了。真是帮了大忙。"

千波把脸转向新谷，嫣然一笑。

"因为我一看就知道是医院挂号处的人。"

新谷名叫海斗，清瘦、长腿，清爽的印象是当今年轻人中常见的类型。不知他的乐队是哪种风格的。他头发干干爽爽，既未留长，也没染色。

千波和新谷两人聊得来，可能也跟年龄相近有关系。千波发出咯咯的声音，笑成了一朵花。

看着眼前的两人，惠陷入了一种不可思议的感觉，她觉得很久以前好像在哪里见过新谷。

当然，她见到的不是新谷本人，只是酷像新谷的人而已。从年龄上来看，新谷十几年前还是个孩子。

……也许是陌生人之间偶然相像，那他到底像谁呢？

"埋一下单吧。"

由利对惠说。

"好的，谢谢惠顾。"

"谢谢款待。"拉曼也用日语寒暄道。

"下次来这附近的时候，欢迎再来哦。"

两人微微点了下头，走出店门。

惠目送着两人离去，直到玻璃门关上。惠把目光收回到吧台，这时，新谷正听着千波讲单向乐队（One Direction）。

新谷听得津津有味，时不时地使劲点头，"对，对""真是这样啊""哇，好厉害啊"，像这样附和着。千波笑的时候，他也步调一致地发出欢快的笑声。

惠立刻想起新谷像谁了。

像自己死去的丈夫中江旬。中江是那种对无聊的话题也能认真热情地倾听的人，他会通过绝妙的附和，给对话增添乐趣，并且在该笑的时候，和着惠笑出声来。

这样长此以往，惠完全陷入一种错觉：自己跟中江很合拍；两人共处的时候，自己很快乐，中江跟自己一样，也享受着快乐；中江喜欢自己、爱着自己……

惠当时完全不清楚，而现在想来，那应该都是中江使出的花招。一心扑在工作上而感到孤独的惠，简简单单地就产生了错觉，误认为那就是爱情和好感。然后就发生了之后的事……

要是那个时候师傅尾局与还活着，自己应该不会陷入中江的圈套。与在的话，惠也不会那么快就对中江动感情了吧？在那之前，与肯定一开始就会发现中江的意图，给惠忠告的。那样的话，肯定……

"啊，太好吃了。老板娘，埋单。"

千波对惠说道，新谷老实地低下了头。

"谢谢款待。"

"别放在心上，很便宜的。多亏了你，我手机才找回来了。"

千波爽快地说完，两人站起来离开了座位。

两人走出去的背影，看上去比刚来时距离近了一些。

几天后，美咕咪食堂即将打烊的时候，千波和由利进来了。

"晚上好。还可以进来吗？"

"请，请。不过，不好意思哦，有的菜品已经卖光了。"

今天从开店开始，客人就络绎不绝，招牌菜牛筋和葱段金枪鱼都卖完了。

"没问题，能吃剩下的有福气……"

并排坐在吧台上的两人，看到端上来的小菜，发出惊叹的声音。

"哇，太少见了！这不是法式咸派嘛。"

"今天是第一次做吧？"

"突然想到了，就尝试着做了做。凉了味道也不错，适合当小菜。"

法式咸派里放了菠菜、辣香肠和芝士粉。鸡蛋的醇厚和芝士的甘甜，搭配辣香肠的微辣，风味更胜一筹。

"便宜、简单又美味，跟美咕咪食堂的三原则完美契合吧？"

惠会心一笑，从架子上拿出自己的酒杯。打烊之际，三个女人凑到一起，惠就没有心思做生意了。

"由利，拉曼最近怎么样？"

"应该很好。"

"没见面吗？"

"不是一个公司的啊。"

"他可是超级帅哥。"

"嗯，他偶尔来趟我们公司，女孩们都踮起脚来围观呢。"

正对着土豆吹气的千波，毫不掩饰自己的好奇心，问道：

"就是之前来的那位吧？由利，难道你一点儿都不心动吗？"

"不心动，反正可能已经有妻儿了。"

"婚外情也可以啊。"

"不可以，我最讨厌不走正道。"

这太像由利的做派了。千波和惠禁不住莞尔一笑。

"对了，新谷还好吗？"

惠问道，千波立即满脸放光：

"我昨天去看他的演唱会了！"

"噢噢，他是搞乐队的来着。"

"嗯，可帅了呢。"

千波夸张地长吁一口气。

"表面看上去感觉并不高调，他在乐队里担任什么位置？"

"吉他手。演唱会上判若两人哦，表演也很棒。"

据说新谷的乐队主要在室内场馆开展活动，现在光靠音乐还没法生活，乐队成员都各有各的工作，固定粉丝逐渐增多，视频网站上的播放量也直线上升。

"准备正式出道吗？"

"举办演唱会的人都想正式出道吧。"

千波显然已被新谷吸引住了，惠更加担忧起来。问题不在新谷是一般的自由职业者，而在于他是音乐人。

在惠看来，音乐人就是一种魔法师，无论男女都招人喜欢。哪怕容貌在平均水平以下，也肯定会有异性为他们花钱。只能说，在理性所不能及的境地，音乐对现实施展了魔法。

看看现在的千波，她已经被魔法牢牢地套住了。在魔法解除之前，不管谁说什么，千波的心都不会离开新谷的……

"与我无关。"

正如惠所料，真行寺巧甩出了这么一句。

"恋爱自由啊。离婚搬回了娘家的千金大小姐和乐队穷小子相互喜欢，这有什么不对的？"

真行寺夹着爱吃的白萝卜和魔芋。这是昨晚卖剩下的，已被汤汁浸润成黄褐色。他喝着温烫的酒，刚刚还满意地微笑着的脸上，露出不悦的苦涩。据说他今天来四谷商谈，回去的路上临时起意，就来开门之前的美咕咪食堂看看。

惠抓住机会，拿出关东煮和酒招待挽留，跟他商量了千波的事情。

"人啊，不撞南墙不回头。那个离婚回娘家的女孩也一样，不真的跟那个乐队男孩在一起尝到苦头，是不知道自己有多天真的。不用管她。"

真行寺说的全都在理，惠无可辩驳。千波如果是她不认识的陌生人，惠也会像真行寺那么说吧。然而，惠对千波的亲密感情让她没法无情地甩手不管。

惠将即将下市的蟹面、招牌菜牛筋和葱段金枪鱼盛到盘子里，放到真行寺面前。

"您说得对，只是她已经离过一次婚了，这次再失败的话就是两次了。男的暂且不说，离婚两次，对女人来说是非常不利的。所以我不想让她有第二次失败，希望她下次一定要抓住幸福。"

真行寺夹了一块蟹面放进嘴里，苦涩的表情刹那间舒展开来，但又立刻绷起了脸。

"把失败当作前提，这本来就不对。两人也有可能很顺利吧？"

真行寺着重强调似的，用筷子在惠的胸前指了两三下。

"当然啦，可能还是会受累。哪里有不受累的婚姻？夫妻两人如果因爱情和信任走到一起，苦累会变成财富。古人不是说过'即便过穷日子，也要一起吃苦受累'嘛。"

确实如此，惠老实地点点头。没错，如果两人是因为爱情和信任走到一起的话……

"跟带孩子的大叔结婚的那个女孩，还顺利吧？"

真行寺话锋一转，语调里透露着体贴。惠有些吃惊，同时又松了口气。

"嗯，母女关系也恢复了，听说茅子还经常去她女儿家呢。"

"那太好了。"

看到真行寺态度变得柔和起来，惠进入了话题的核心。

"真行寺，如果千波的男朋友跟铃木一样，也是个诚实有爱的人，那我绝对不会反对。但是，那个叫新谷的男孩不太靠谱。那个男的……"

惠犹豫了一下，又坚定地接着说了下去。

"他跟中江一模一样。我说的不是外表，是内在。"

真行寺沉默了片刻，一动不动。不久，他再次拿起筷子，扫光了盘子里的关东煮，最后呲溜呲溜地喝光了汤汁。他把空盘子放到吧台上，正对着惠缓缓地说道：

"射人先射马。"

"啊？"

"不是跟本人说什么都没用吗？那可以从后门进

攻啊。"

惠领会了真行寺的意思，啪一声拍手道：

"是啊，原来如此！"

真行寺哼笑了一声，缓缓起身，啪一声将一万日元纸币放在了吧台上。

"不用找零了。"

"哎呀，那多不好意思。美味、便宜、快速可是我们店的特色啊。"

真行寺又哼笑了一声道：

"拿着，吃穷酸的东西会上瘾。"

说完，他便头也不回地走了。

幸好跟真行寺商量了，千波不像铃木和咲子，在她身上看不到亮光……

这时惠突然灵光一现。

啊，原来是这样。我并不是恢复了以前的能力，而是上天赐给了我新的能力。比起以前，现在这种能力虽然渺小、微弱，却能在我祈愿他人幸福的时候降临。这是一种非常善良、柔和而又重要的能力……

那之后不久，千波和乐队男孩分手了。

千波久未露面，再次推开美咕咪食堂玻璃门的时候，已经是两个半月以后了。

即将打烊，店里只有由利和茅子两位客人。仿佛冲着她们来的一般，千波像是放心了似的露出笑容。

"欢迎。好久不见。"

"最近好吗？"

"刚才还在谈论你呢。"

千波好像已经在哪里喝过酒了，她打了个嗝，右手放在额头上敬了一礼。

"吉本千波失恋了！哈哈哈。"

千波坐在茅子旁边，点了杯生啤。

"还有这样稀奇的事啊，以前都是你甩人家的。"

由利故意声音明快地说。

"已经没事了吗？"

茅子的声音里满含关心。千波苦涩地笑着点点头。

"嗯，谢谢。"

千波一口气将啤酒喝下三分之一，然后放下了杯子。

"老板娘和由利认识新谷吧？搞乐队的，我跟他交往了一段时间。"

话说到这里，千波转向茅子解释说：

"那家伙有老婆孩子呢。"

由利和茅子同时"啊"了一声。

"他跟我说要一起私奔的时候，可把我高兴坏了。我本来以为，没有吉本美容整形外科医院千金的附加条件，这个世界上没人会喜欢我。可是，空欢喜一场，肯定都是谎言。"

千波声音很平静，但眼睛里涌满了泪珠。她拿起手巾拭了拭眼角。

"我觉得他是真心的。"

惠干脆地断言道。

"对他来说，你可是高不可攀，让他仰慕的人。所以就算是抛妻弃子，他也想跟你在一起。"

然后，惠像占卜师时代那样，语气变得庄重起来。

"他真心爱过你，但是在你之前，他肯定也真心爱过他的妻子。所以，即便你们走到了一起，如果出现其他更喜欢的人，他也会像这次那样，毫不犹豫地抛弃你吧。"

惠隔着吧台，俯视着千波的脸。

"你没必要后悔啊，也没必要责怪自己。只不过，世界上有新谷这种人，偶然让你遇上了，仅此而已。"

千波点点头，由利和茅子也跟着点了点头。

"今天营业就到这儿了，打烊。我们放开喝吧。"

在千波说出来之前，惠就已经知道事情黄了。

那天，请真行寺帮忙出了主意后，惠去见了千波的父亲吉本诚之介。

开诚布公地说，其实惠还是人气占卜师的时候，她曾多次在电视节目中与吉本诚之介一起参加过演出，也曾单独为他占卜过。于是，这次见面，她便开门见山地把千波和新谷交往的事情以及自己的担忧说了出来。

吉本了解惠曾经的名声和成绩，他坦诚地接受了惠的忠告，深感危机，迅速地采取了行动。吉本委托侦探所调查了新谷的情况，然后给了新谷一笔可观的分手费，让他跟千波分了手。

事情的原委，惠全是从吉本那里听说的。

不过，她对千波说的不是假话。她觉得新谷的爱是真的，无论对千波，还是对他妻子。

能让女人放下心里戒备的中江和新谷，他们的言行无疑都是高明的花招手段。但是，他们也并不是有意识地下计谋，而是天性使然，所以才能那么自然坦诚。

太难了……

这个世上，人人都在努力地想要抓住幸福，然而却很难得到回报。

纵然如此，我也一定可以做点什么。

惠对自己这么说着，关上了店里的灯。

关东煮是爱的语言

　　樱花散尽的时候，东京春意盎然。大街上没了大衣的踪影，超市里应季的蔬菜、水果和鱼贝类琳琅满目，体感上冬天已真正远去。面向夏天，人们的心情也渐渐阳光起来。

　　"啊，欢迎。好久不见！"

　　那天晚上，跟在左近由利后面走进美咕咪食堂的是印度系统工程师纳莱因·拉曼，他前前后后大概有两个月没来了吧。

　　"隔壁是拉面店吗？"

　　与由利并排坐下，拉曼用日语向惠问道。

　　"嗯，上个月底开的业，是叫'桂'的连锁店，你知道这家店？"

　　"知道。很有人气啊。"

　　"拉曼说他最喜欢的日本料理是关东煮和拉面。"

　　由利打趣道。

"隔壁变成了拉面店，以后拉曼说不定要成美咕咪食堂的铁杆粉丝了。"

桂是所谓的"经常需要排队的网红拉面店"，连锁店遍布东京各地。隔壁咖啡店关门后，上个月开张了四谷店。说实在的，隔壁的店有客人排长队是件让惠伤脑筋的事情。虽说对美咕咪食堂的客流不会产生什么影响，但是队伍排到自己店门口的话，会妨碍客人进出。

"桂也很注意这点，雇了人专门整理队形。"

今天的小菜是蛤蜊肉和凉拌土当归。都是时令食材，醋味噌做拌料，保持甜度适中，再加上芥末，辣飕飕的。鱼贝类的菜品，比起甜口，惠更喜欢辣的。

"拉曼，凉拌菜没问题吗？"

"没事儿，除了牛肉都可以。"

由利替拉曼回答的工夫，拉曼也没有停下来，他用筷子熟练地夹着拌菜，哑着嘴吃得正香。

"他说土当归很清爽，拌料辣辣的，味道很棒。"

拉曼用英语表达感想，由利帮他翻译。两人饮料点的都是生啤。

"今天推荐时令美味——芦笋天妇罗和炸小沙丁鱼、鸭儿芹。"

"两种都要。"

"关东煮推荐竹笋，早上刚挖的哦。"

"这也来一份。"

由利点完了才告诉拉曼，他微笑着，看上去很高兴。

"啤酒喝完后上樽酒吧，冰镇的。"

五年前，美咕咪食堂把油炸菜品写进了菜单。惠认为只要控制好油锅的火候就没那么麻烦，于是尝试了一下，发现意外地简单。

客人点单后，将食材裹上事先备好的面糊（市面上的天妇罗粉加水溶解而成），然后在油里炸一下即可。与关东煮全然不同的料理的出现，让客人们十分欣喜。当然，除了盐以外，惠还会配上天妇罗蘸汁和白萝卜泥。

"好厉害。你炸的时候基本上不会看锅呢。"

"刚开始我会一直守在锅边，后来慢慢地可以根据声音判断炸的程度了。"

"噼里啪啦"热闹作响的声音渐渐变小，那是因为天妇罗是靠油的力量剔除食材里多余的水分，从而引导出食材美味的一种料理。

"原来是这样啊。"

由利往芦笋天妇罗上薄薄地撒了一层盐，咬了一口，点点头。

"不光是天妇罗，我感觉做菜都是这个制作原理。鱼也是，比起撒上盐立马烤，撒盐后放一晚再烤味道更鲜美。我认为那是因为盐去除了多余的水分，鱼味浓缩了。"

由利听着惠的讲解，举起生啤酒杯，将剩下的酒一口气喝干，然后咚的一声把酒杯放到了吧台上。

"惠，你研究得好深啊。"

"不好意思。"

由利转向拉曼，用英语说起了什么。拉曼中途大力地点着头回应道："Good idea（好主意）！"然后望向惠。

"什么事啊？"

"有件事想跟您商量一下。"

由利替拉曼解释道。

"拉曼的表弟想在日本开印度料理店，听说他是在酒店厨房里学习过的一流厨师。他们正在考虑怎么开呢，也找我商量过。可是这方面我不懂，完全是个门外汉。如果是惠的话，我想肯定能给他们一些好的建议。"

惠连忙摇头。

"我也和你一样，对印度料理一窍不通啊。"

"但你有经营饭店的经验啊，比如要在这条新道街上开店的话，什么样的店能吸引客人之类的问题。"

"话虽这么说……"

开店能否成功，很难预测。有的店开在离车站徒步十五分钟以上、地理条件不利的地方，但厨师的手艺受到好评，生意兴隆到很难预约；有的店占据着离车站徒步一分钟的好地方，厨师手艺也极好，然而客源却不稳定，最终导致关门。到底是什么决定了这两种店的不同命运呢？

新道街没有所谓的高级店。印度料理的话，开个家庭型料理店说不定会生意兴隆。如果是高级饭店，很有可能招揽不到客人。不过，高级饭店也有可能意料之外地火起来。这一点，开店之前是不得而知的。

惠突然想起了真行寺。除了在繁华街有几栋大楼对外租赁以外，跟曾经经营"占卜馆"那样，他也亲自参与商业设施的策划。

在什么地方开什么样的店会成功，真行寺是不是能预测出来呢？

不过，惠连忙又把这个想法赶出了脑海。

真行寺很忙。即便他不忙，惠也已经多次因为私事请他帮忙或出主意了，再这样无偿找他商量的话，他会嫌麻烦吧。不，他肯定已经很烦了。

不行，不行。再也不能一遇到困难就依赖真行寺了。

惠强行跟自己这么说。

"拉曼的表弟下周来日本，我会带他来这里，你给他出出主意吧，拜托。"

由利话赶话地摆出拜托的姿势，连拉曼也双手合十，一副虔诚的表情。

"好吧，不过我终究是外行人的想法，只能听听权当参考哦。"

无奈之下，惠含糊地回答道。正在这时，她看到拉曼头顶上亮起一团朦胧的光。

这，这是？！

惠慌忙眨眨眼睛，等她再看拉曼的时候，光已经消失了。

"唉，真是倒大霉了。"

半个月后，吉本千波来到美咕咪食堂，腿上打着石膏，拄着拐杖。

"怎么了？！"

不仅惠大吃一惊，先来的由利、千千石茅子、见延晋平也都瞪大了眼睛。

"被撞了，而且不是汽车，是自行车哦，突然就冲进了人行道。"

"真是倒霉啊。"

"好可怜。"

"最近自行车伤人事故比以前多了。"

大家你一言我一语，同情地说着。茅子又一次问道：

"伤势怎么样？"

"下周拆石膏，不过完全治愈好像需要两三个月。"

"是脚踝骨折了吗？"

"不，是小腿。"

"是腓骨骨折啊，不用做手术吧？"

也许是因为职业关系，晋平的用词都是专业术语。

"我父亲说，从某种意义上来讲，我运气很好。要是关节被撞坏了，好像就麻烦了。"

"没错哦。那样的话，完全治愈得花半年时间，有的人还会留下后遗症。"

惠在千波面前放了一杯生啤。

"这是店里赠送给你的，就当慰问了。"

"太幸运了！谢谢。"

"卸掉石膏以后在店里庆祝康复吧。初夏鲣鱼和大尾鱿鱼刚刚上市，黄瓜香[1]和刺老芽正是旺季。"

1　别名广东菜。

"把鲣鱼和鱿鱼做成生鱼片，把野菜做成天妇罗吧。"

由利插了一句，晋平的喉咙"咕咚"响了一声。

"提前通知一下哦，我肯定来。"

"那当然。"

给千波上的今日小菜是加了小沙丁鱼的高汤鸡蛋卷。松软的口感是鸡蛋的灵魂，跟不破坏口感的食材非常搭，比如西红柿、芝士、炒洋葱、炒蘑菇，焯时令小沙丁鱼也很推荐。做成西式的煎蛋卷或炒蛋也很美味，而今天做的是日式高汤鸡蛋卷，还配上了几片鸭儿芹。

"真好吃啊，有春天的气息。"

千波刹那间绽开笑颜。

"吃竹笋吗？"

"吃，吃。再来份牛筋和葱段金枪鱼，还有白萝卜和魔芋。"

早先一步点好牛筋的由利用牙齿从串上咬下牛筋，她突然想起了什么似的说道：

"对了，拉曼的表弟明天来日本，下次我带他来这里哦。"

"噢，印度料理店的……"

"是以前来过的那位超级帅哥吧？他怎么了？"

千波听到拉曼的名字，饶有兴趣地问道。

"他表弟想在日本开印度料理店。"

"所以想听听惠的建议。"

由利接过话来。

"哎，他表弟也很帅吗？"

"不知道，没见过呢。"

由利冷冷地回答，晋平则自言自语地说道：

"话说，新道街上没有印度料理店吧？"

"是的，有几家中华料理店，还有墨西哥料理店，但没有印度料理店。"

茅子回忆道，千波猛地向前俯身，说道：

"对！在这里开店肯定会火的，咖喱饭可是常规午餐。对吧，由利？"

千波抓住由利的胳膊摇晃着。

"就看有没有合适的店面了。我跟拉曼说说看。"

由利好像也饶有兴致的样子。

"这里要是开了咖喱店，由利你就每天都能见到帅哥了。"

"开店的不是拉曼，是他表弟啦。"

"啊，一样的。拉曼挂念他表弟，说不定每天都会来店里看看呢。要是他表弟也很帅的话，我也可以将就。"

大家同时爆发出了一阵笑声。

惠笑着笑着突然停住了。刹那间，她看到由利头上有一簇小小的亮光。

这，这是，说不定？！

宝井纯一皮肤白皙，圆脸，厚嘴唇，即便是说奉承话，他也谈不上长得帅。但他那圆圆的小眼睛里透着高度的知性和坚强的意志，柔和的表情里流露着温柔和幽默。

"宝井医生可牛了呢，他多次作为志愿者去非洲开展过医疗活动，很像史怀哲[1]博士吧？"

千波用最高级别的赞誉之词介绍了宝井。她出车祸后被送到了宝井供职的医院，宝井是她的主治医生。

宝井本人羞涩地红着脸，两手摆得像雨刮器一样。

"没什么大不了的，只不过是利用休假时间去当地医院帮帮忙而已。"

"啊，那也非常棒啊。很辛苦吧？"

"是的。说是医院，但根本不像日本这样设备齐全。"

宝井三十五岁左右。千波听说他喜欢关东煮，就约了他来吃晚饭，不过待会儿他要去值班，不能喝酒。

"您工作很繁重啊。"

惠的敬佩之情油然而生。在日本已经这么忙了，假期还要去国外参加志愿者活动，没有医师的使命感和激情是做不到的。

"哎，宝井医生，成天吃便利店的东西和牛肉盖浇

---

1 阿尔贝特·史怀哲（Albert Schweitzer，1875—1965），德国哲学家、神学家、医生、管风琴演奏家、社会活动家、人道主义者，1952 年诺贝尔和平奖得主。他 38 岁去非洲行医，建立丛林诊所，为非洲的医疗事业做出了重要贡献。

饭对身体不好。请把这里也加到你的晚饭候选名单里吧。能吃到时令蔬菜和鱼贝类海鲜，而且关东煮健康美味又便宜哦。"

"嗯，确实是啊。"

宝井把葱段金枪鱼放进嘴里，脸上露出了微笑。小菜上的是黄油炒竹笋蛤蜊，时令料理是初夏鲣鱼生鱼片和煮芦笋。宝井欣喜万分，统统吃光了，十分畅快的样子。

"这些菜真是满满的季节感啊。我再加点关东煮吧，来份章鱼和竹笋，还有白萝卜。"

"请您多多光顾哦。价格方面我也会发挥志愿者精神，努力多给优惠。"

"请一定多多关照。"

"宝井医生，推荐你最后来份咸菜、味噌汤，还有茶饭[1]。咸菜是老板娘自己做的，现在是米糠酱菜，六月开始是瓜类印笼腌菜，十二月以后还有腌白菜哦。"

---

1 茶饭是日本一种独特的米饭料理，指用茶水加盐或者用水加酱油、酒焖的饭。

千波在一旁插嘴说道，宝井微笑听着，那情景活像是唠叨的年轻妻子和年近半百的傻大叔。

这时，茅子和晋平进来了。

"哇，你们一起来了。"

"店门口碰巧遇到了。"

茅子轻声说着，跟晋平并排坐下。

"吉本，腿怎么样了？"

"感觉恢复得很顺利，不过还得拄拐杖。"

千波向茅子和晋平介绍了宝井，然后又讲了宝井假期去国外医院做医疗志愿者的经历。晋平听了立刻回应道：

"是不是 JOCS[1]？"

"对。学生时代开始我就参加了，算是一种生活习惯吧。"

"太了不起了。这是很难做到的事情。"

茅子也向宝井投去了敬佩的目光。

1　日本的一家 NGO，即日本基督教海外医疗协力会。该组织定期向尼泊尔等发展中国家派遣医护人员，提供医疗援助。

"医生您很了不起，太太能理解您，也很了不起啊。"

宝井苦笑了一声：

"啊呀，我还是单身，没有人肯嫁给我。"

"哎呦。"

惠和千波、茅子同时喊道。

"可惜，看来是女士们没眼光啊。"

千波寻求赞同似的，交替着看了看惠和茅子。当然，两人都深深地点了点头。

"哪里，过奖了……"

宝井难为情地笑着低下了头。他的视线落到手表上，然后有点歉意地请惠结账。

"啊，医生，不用啦，今天我请客。"

"那可不行。"

"行，让我来。不过有个条件，以后再一起来吃关东煮吧。"

"那当然。不过那是两码事。"

最后，宝井坚持把两人的账都结了。

"真好吃啊，我还会来的。"

"我去把医生送到车站。"

千波也站起来，跟宝井一起出了店。

"到现在为止，千波带到这里的男士中，那位医生是最好的。"

茅子直截了当地说。

"我也这么觉得，感觉人非常不错。"

茅子看着墙上的菜单，点了芦笋，晋平点了初夏鲣鱼的生鱼片。

"宝井医生单身，应该不是没人嫁，而是他太挑剔了吧。"

惠盛着鲣鱼生鱼片说道。

"再差也是个医生啊，应该很讨女孩喜欢的。"

"啊，怎么说呢。"

吃着黄油炒竹笋蛤蜊的晋平说道。

"很多女人想跟医生结婚，是出于想要显贵地位的愿望吧？医生能赚钱，能让自己过上奢侈的生活……但是，如果是跟宝井这样的医生结婚的话，那种生活是无法企及的，因为宝井连假期都要去发展中国家无偿工作。作为女性，是不是会犹豫呢？"

"这么一说，确实……"

"可能是这样吧。"

两个女人不禁相互对视了一眼，她们都表示赞同。

惠突然想起了真行寺说过的一句话，"古人不是说过'即便过穷日子，也要一起吃苦受累'嘛"。

"这样想想，咲子真的了不起啊。"

然而，茅子轻轻地摇摇头，无奈地微笑着。

"说心里话，我现在也觉得她可以不用那么了不起，希望她走入一段轻松的婚姻。"

惠和晋平不知道该说什么，心疼地看着茅子。

"对不起，不是在发牢骚哦，我已经完全放弃了。"

茅子语气干脆地说道，然后立马转换了话题。

"对了，咖喱店的事情怎么样了？"

"啊，左近朋友的那个？"

"应该已经来日本了，说不定左近过几天会带来。"

"新道街如果能开家印度咖喱店的话就太好了。"

"晋平，你喜欢吃什么样的咖喱？"

"我都喜欢。茅子呢？"

"我喜欢泰国咖喱，椰奶味的那种。"

"那种咖喱也很独特哦。"

惠发现，这两人不知道什么时候，已经省略姓氏，互称对方的名字了。

"这位是拉曼的表弟萨提亚·卡普尔。"

坐在由利和拉曼中间的卡普尔一副厨师的模样，体格健壮，面似达摩。两人虽然都长得棱角分明、大眼睛、高鼻梁，但是就像连环画和搞笑漫画一样，风格截然不同。

"纳玛斯戴[1]。"

惠拿出临阵磨枪学到的印度式问候语寒暄了一声，卡普尔也微微一笑问候道："纳玛斯戴。"

惠麻利地端上手巾和小菜，向由利问道：

"店怎么样了？有眉目了吗？"

1　Namaste，印度人见面时的问候语。

“在网上找了，锁定了三家候选，接下来去实地考察了再说。”

“希望你们能找到合适的店面。”

三人拿起生啤干了杯。今天的小菜是五月时令的煮蚕豆，虽说朴素，但无人不爱。

“今天的推荐菜是新洋葱烟熏三文鱼沙拉、明日叶天妇罗。”

由利用英语介绍了菜品，卡普尔一一点着头，兴味盎然地夹菜。

“好吃。Delicious。”

他微笑着向惠比画出 OK 的手势，一脸的淳朴与亲切，看上去很适合服务行业。

三人用英语交谈着，选了关东煮菜品，喝完生啤又点了樽酒。

中途，由利告诉惠：

“现在锦丝町[1]、船堀和大岛有合适的店面。”

1　日语为“錦糸町”。

"全都是下町[1]呢，锦丝町是繁华街，听说有很多民族特色店哦。"

"是的。船堀居住着很多印度人，大岛也有印度人小学，这两个地方都具备接受印度料理的条件。可能是去年吧，听说真人秀《逛街天国》播放了船堀专题节目之后，当地的印度料理店人气爆棚，日本客人蜂拥而至。之前基本上都是印度客人，现在日本客人更多。"

由利停下来看了一眼拉曼。拉曼可能从锦丝町、船堀这些地名猜测到了谈话内容，他微微地笑了笑。

"不是说卡普尔在一流酒店工作过吗？和下町相差悬殊，他不会抵触吗？"

日本的印度料理店以平民店为主，有小型餐馆，但没有所谓的高级饭店。在一流酒店做过高级料理的人，应该会有诸多不满吧。

"这点没问题。他已经通过拉曼了解情况了，我也苦口婆心地说过多次。"

---

1 "下町"意为都市中的工商业者居住区。

接着，拉曼对由利说了些什么。

"卡普尔说自己想做让很多人喜欢的料理，而不是只做给一部分人。他认为日本有着接受印度料理的历史，现在能够开出让印度人和日本人都喜爱的店，所以他才下定决心来日本。"

然后，拉曼和卡普尔轮流说着英语，由利从中帮忙翻译给惠听。

"卡普尔先一个人住在日本，等安顿下来以后再把妻子和孩子叫过来。店里雇一个打工的，负责端菜和接待客人，料理就由卡普尔一个人做。以后宽裕了，再雇个助手。"

由利不时地停顿下来，仿佛在确认所说的，看着拉曼，拉曼也注视着由利。

惠清清楚楚地看到，两人对视的双目之间宛若点燃了一支烟花，不断有火花散落。

啊，这两个人果然……

惠预感到不久将要造访的幸福，心头微微一热。

五月将尽，日暮渐迟，树木间繁茂的绿叶越发浓郁。纵然偶有升温渗汗之日，但空气湿度低，清爽无比。

六月起，美咕咪食堂的菜单上就要添一道新菜品了——冰镇西红柿关东煮。

今天客人散得早，才九点就只剩下晋平和茅子两人了。

"嗯，这样的时候也是有的，待会儿就打烊。"

"我也喝一杯吧。"惠刚想这么说，玻璃门开了。

"哇，由利，欢迎。好久不见了。"

"……晚上好。"

自从上次跟拉曼他们来过之后，由利已经两周多没见了。"好久不见。"晋平和茅子也异口同声地打招呼。

"怎么了？你好像没精神哦。"

惠递上手巾，视线在由利全身上下扫了一遍。由利表情暗淡，肩也塌了下来，可以看出好像因为什么苦恼着。

"没有啦。"

　　由利将视线投到小碗中，今天是土佐酱油[1]拌秋葵和奶油乳酪：将焯水后切成大块的秋葵和奶油乳酪一起，用酱油和足量的木鱼花拌一拌，就成了一道绝佳的下酒菜。

　　"对了，卡普尔的店怎么样了？"

　　"定在了船堀，离西葛西也很近。"

　　卡普尔住进了西葛西的 UR 租赁住宅[2]，那里有印度人社团，表哥拉曼也在，各方面都很方便。

　　"听说六月一日开张。"

　　"马上就到了嘛，我会去吃午饭的。"

　　"我也去，我家住在大岛，很近。"

　　"请多关照。"

　　由利无力地说着，微微地点头行礼。

　　惠看出由利像是走进了死胡同似的不知所措，于

1　土佐酱油是将木鱼花、日式甜料酒等加入酱油中调制而成的调味品。土佐（位于高知县）是木鱼花的著名产地，名字由此得来。

2　UR 租赁住宅是由独立行政法人都市复兴机构管理的租赁住宅，UR 是都市复兴机构英文 Urban Renaissance Agency 的缩写，日本全国约有 72 万户，其与一般租赁公寓相比，具有入住手续费低、租金低等优势。

是干脆开门见山地问道：

"哎，由利，你其实喜欢拉曼吧？"

晋平和茅子一脸诧异，而由利并未露出惊讶之色，也许她已经重复自问过多次了。

"他向我求婚了。"

"太棒啦！"

"恭喜恭喜！"

晋平和茅子拍着手准备站起来，而由利依然是一脸忧郁。

"不过，我想拒绝他。"

"啊？为什么？太可惜了。"

晋平高声说道，惠和茅子也是同感。

"不会是他在印度有家室吧？"

茅子问道，但由利明确否认了。

"他太太前年去世了，没有孩子。"

由利举起酒杯，把剩了一半的生啤一饮而尽。刚被求婚，却俨然一副失恋后借酒消愁的模样。

"来杯樽酒，冰镇的。"

惠把冷酒酒壶放到吧台上。

"由利，你对拉曼什么地方不满意？"

由利喝了口樽酒，闭着眼睛沉思了片刻，然后一下子睁开眼睛，讲了起来：

"萨提亚……卡普尔告诉我，拉曼和他太太是出了名的鸳鸯夫妻，但是他太太发现患癌的时候已经晚了，后来不到半年就去世了。当时拉曼真是痛不欲生，亲戚们都担心他会不会随太太一起去了呢。"

说到这里，由利停下来，像是在确认别人反应似的环视了一下大家的表情。

"相互爱得那么深，拉曼却在太太死后刚过两年就要跟别的女人结婚，大家不觉得奇怪吗？"

惠一下子愣住了，晋平和茅子也不知如何回应，只是默默地注视着由利。

"我母亲在我高一的时候去世了。遇到交通事故，当场死亡。我父母也是非常恩爱的夫妻，比较而言，感觉是我母亲一直在诚心诚意地照顾父亲。我经常和她开玩笑说，'都说孝顺父母，妈妈你是孝顺老公啊'。没想到……"

由利一时把话咽了回去，咬着嘴唇。

"母亲三周年忌还没过，父亲就跟母亲的朋友再婚了。我母亲生前那个朋友十几年前离婚后一直单身。母亲去世后，她经常来我家，像亲生母亲一样照顾我。这事我一直心存感激，可是我做梦也没想到父亲竟然会跟她再婚。"

惠以前就知道由利对男性非常不信任，但一直想不通根本原因在哪里。今天终于揭开了谜底。

"就算我跟拉曼结婚，婚姻圆满，可是假如我突然死了，说不定过两三年他又要娶新的太太了……这么想来，就觉得拉曼也不可信。"

由利说完，其他人好像被忧郁的气氛吞没了一般，都沉默不语。后来，茅子打破沉重的气氛，张口说道：

"不是那么回事吧。"

别说由利了，连惠和晋平也被茅子出其不意的话震住了。

"由利，你父亲在母亲去世不久后就再婚，我觉得

不是因为他薄情或者不专一。反倒是因为他们夫妻太恩
爱了，他忍受不了一个人吧。习惯了两人一起生活的那
种幸福，一个人已经活不下去了，所以才早早地找了新
的伴侣。"

听了茅子意想不到的分析，由利明显陷入了困惑
和迷茫。然而，她脱口而出的一句话还是有种难以释怀
的反感：

"那……说到底就是软弱吧。一个人孤独，就想再
找个伴儿。"

"是啊，不过，软弱是过错吗？"

由利又一怔，屏住了呼吸。

"简单地说，结婚的理由就是软弱。强大的人可以
一个人生活，但是大部分人是弱小的，会去寻求能够互
相帮助的人。这个世界上所有人要是全都强大的话，人
类很快就会灭绝的。"

茅子温柔地看着由利，宽厚地微笑着。

"你父亲再婚后很幸福吧？"

由利默默地点点头。

"你不觉得那是因为你父亲心里留下了他跟去世的前妻幸福婚姻的回忆吗？他就像当年珍惜由利你去世的母亲那样，也珍惜着再婚后的太太。"

由利低着头，茅子看了看她的表情。

"据我观察，由利你也喜欢拉曼吧？那就接受求婚，怎么样？拉曼有之前幸福婚姻的回忆，所以一定也会努力让你幸福的。"

由利缓缓地抬起头，注视着茅子。惠看得出来，那眼神里充满了依赖。

"你真这么想吗？"

"是的，我相信是这样。"

由利明显露出一副释然的表情，她深深地叹了一口气。

"茅子，谢谢你。"

茅子微笑着摇摇头。

"不用道谢，能遇到美好的缘分，是你生来的福分哦。"

由利向茅子深深地低头行了一礼，然后转向惠。

　　"惠，今晚我请客，关上店门，我们一起嗨一下吧！"

　　惠双手一拍说：

　　"应该是给你提前祝贺哦，各位尽情地喝、尽情地吃吧！"

　　大家欢呼雀跃地鼓起掌来。

　　晋平投向茅子的目光里，透露着尊敬与感动，他的头后方，亮着一簇暖暖的橙光。

　　惠凝神细看，那簇光并非幻影，它照亮了晋平的脸。

　　这是怎么回事呢？

　　那晚，惠心怀费解，一杯又一杯地喝醉了。

　　"印笼腌菜啊，以前我母亲经常腌。"

　　宝井怀念地望着腌菜小碟，夹起一片放进嘴里，咯吱咯吱地吃起来。

　　"啊，好吃。"

　　包括名菜冰镇西红柿关东煮在内，宝井已经把店里的关东煮吃了个遍，现在进入最后的套餐阶段：茶饭、味噌汤和咸菜。

　　客人嘴里"还会再来的""我会经常来的"之类的，一般都是客套话，基本上不太能当真。但是宝井自从千波带他来过一次美咕咪食堂以后，真的跟他说的那样，经常来光顾，现在已然成了这里重要的常客。

　　正如千波所说，整天吃牛肉盖浇饭和便利店的盒饭容易引起营养失调。他来美咕咪食堂，说不定就是为了调整营养搭配。

　　"你很喜欢咸菜啊。"

　　"我老家在长野，我是吃咸菜长大的。不管什么山珍海味，最后不吃点咸菜总感觉嘴里缺点什么。"

　　"印笼腌菜七月就结束了，十二月开始会上腌白菜，敬请期待哦。"

　　宝井突然露出了一副感伤的表情。

　　"很遗憾，我在日本待不到那个时候。"

　　"欸？"

　　"JOCS 在肯尼亚的医院缺外科医生，他们请我去，我就下决心答应了。"

"哇。"

惠不知说什么好，把话咽了回去。坐在宝井旁边的晋平和茅子也默默地相互对视。

"不是短期，而是长期赴任吗？"

"我是那么打算的，外科医生要是不常驻，医院的功能会大大削弱。"

这件事虽然了不起，但等待他的将是跟日本无法比拟的严酷的工作环境，所以惠也不便轻易道贺。

"千波知道吗？"

"不知道，我还……"

宝井苦恼得话没说完，就停了下来，接着又立刻语气干脆地继续说道：

"反正她康复训练也快结束了，没我什么事了。"

宝井无奈地微笑着。他的头后方，亮起一簇淡淡的光，淡而不弱，始终保持着稳定不变的光量。那一定代表了宝井对千波的感情。

"千波肯定会难过的。"

“我也难过，但是没办法啊。”

“什么没办法？你喜欢千波吧？隐藏着自己的感情，独自一个人去遥远的地方，这么做好吗？”……惠按捺住自己的心情，把话咽了回去。

宝井也明白，面对娇生惯养的大小姐千波，“和我一起去肯尼亚吧”这种话他说不出口。赴任的医院恐怕不在市里，基础设施等方面条件恶劣。要是向千波求婚，千波会为此烦恼吧，到头来肯定还是会拒绝他的。抱着试试看的心态去烦扰千波的心情，还不如沉默着离去的好……

并非只有表白才是爱情的表达，特意埋藏于心也是一种了不起的爱的形式。但是……

那么，我看到的光是怎么回事呢？

被无形的墙壁阻碍着不能向前迈进的急迫感，连同刻不容缓的焦躁感从脚底涌上来，令惠坐立不安。

“听说了吗？宝井医生要去肯尼亚的医院赴任了。”

第二天，千波是美咕咪食堂开门后的第一位顾客。

所幸没有其他人，惠开门见山地问道。

"对，听说今天白天就走。"

千波无力地耷拉着肩膀，也许是心理作用，惠看到她头后方有一簇光正无助地摇曳着。

"怎么办？"

"什么怎么办？"

"你喜欢宝井医生吧？"

千波移开视线，垂着头，脸上浮现的悲伤是以前不曾在她身上看到过的成熟女人的表情。显而易见，千波成熟了，她对宝井的感情也是真挚的。

千波叹着气嘟囔道：

"但他什么都没跟我说。"

"你认为什么都没说就是没有爱吗？"

千波抬起眼，眼神像是在询问一般看着惠。

"请你一起去肯尼亚这种事，他实在是说不出口啊。肯尼亚没法跟日本比，生活多有不便。他觉得勉强你这样的大小姐去那种地方太残酷了，所以才打算默默地走啊。"

"怎么会那样……"

千波低着头，嘴唇颤抖着。

"千波，跟宝井医生一起去肯尼亚吧。"

千波突然抬起头，由于太过惊讶，半张着嘴。

"我终于明白了。像千波这样漂亮、条件又好的人，为什么迟迟找不到结婚对象呢？那是因为你要求对方满足'让你过上没有任何不便的生活'这个条件啊。也就是说，你误以为'没有任何不便的生活'就是自己想要的幸福，其实并不是。"

惠站在吧台里，两手在胸前交叉成 X 形，俯视着千波。这是以前占卜师"月光小姐"时代的她，向来占卜的客人传达白魔法精灵启示时的姿势。

"你跟新谷交往的时候我终于明白了，你是想通过自己努力让你爱着的人幸福的女人，这样做你才能感受到人生价值。可是你的生活环境过于优越，没有机会让你认识到真正的自己。现在，千载难逢的机会可是到了哦。"

千波两眼瞪得大大的，一动不动出神地仰望着惠，仿佛惠的话一字一句都透过皮肤渗透进了她的身体。

"宝井医生就是那个对的人，值得你全身心地奉献支持，值得你去为他受苦受累。而且，他比谁都爱你。他是真心爱着你的，为了你的幸福，甚至都想悄悄地退出。今后你等一辈子，恐怕也不会出现宝井医生这样的人了。"

千波用力点点头，两手紧紧地攥着，微微地发抖。那不是胆怯，而是勇者临阵时的振奋。

"快，还来得及，去吧！"

惠倏地松开双手，食指指向玻璃门。

"好！"

千波转身打开玻璃门，冲了出去，但很快又像被皮筋弹了回来似的，探进半个身子回店里。

"惠，谢谢你！我会努力的！"

"去吧！"

惠朝着千波的背影，使劲地挥手。

那晚将近九点，晋平和茅子一起来了，他们听了千波和宝井的事，又惊又喜。

"这里还真是婚活 Power Spot 呢。"

晋平摇着头，惊讶与感叹之情参半。

"接连成了两对，看来，这店里真有什么神奇的力量呢。"

"不过人真是不可貌相啊，没想到那个千波……"

茅子意味深长地说着，喝了口樽酒。

"由利也一样。伴侣并不是年龄和境遇相近就好啊，乍一看不般配，但是彼此合得来就能走到一起。"

惠也瞬间想到了咲子和铃木，虽说两人门不当、户不对，但是相互间的爱情和信赖会帮助他们克服这一点吧。

"所以啊，由利和千波都忙着准备结婚，最近来不了店里，好难过哦。"

茅子看看晋平，鼓动他说：

"你跟单身朋友宣传一下啊？告诉他们这里是婚活 Power Spot。"

"这个主意不错。"

"拜托啦。"

就这样你一言我一语地说着，晋平头上的光吸引了惠的注意力。这是一个人近期要找到伴侣的迹象，可是对方到底是谁呢？

进入七月，无花果上市了。直接生吃当然也很美味，但如果用葡萄酒或白兰地煮过后冰镇起来，就是高级蜜饯；而蒸熟后淋上甜味噌酱汁，便成了一道日式小菜。

惠将蒸无花果小菜作为新菜品添加到了菜单里。几日前，她在日式料理店吃过，感觉不错，回来就立刻模仿做了起来。

客人反响不错，这道菜算是成功了。可是，见不到总是率先尝试新菜品的由利和千波，惠不觉有点失落。

"总归是值得庆贺的事嘛……"

客人散得差不多，店里空闲下来，惠不由得自言自语道。

时针已过九点，刚刚外面还暴雨肆虐、嘈杂一片，五分钟不到，雨就停了。

今晚就到这儿吧……

惠刚要从架子上拿出自己的酒杯，正在这时，哐当一声，玻璃门被猛地拉开，晋平走了进来。

"啊，欢迎……"

话刚说了一半，惠被眼前的情景惊呆了。晋平似乎被骤雨淋着了，头发、衬衣全湿了。更让惠惊讶的是，晋平的表情和整个人的氛围跟平时的他判若两人。虽然看上去累得筋疲力尽，但感觉异常激昂，仿佛刚刚参加过一场决斗。

"太惨了，来，给你。"

惠递给他两条毛巾。

"谢谢。"

晋平默默地擦着头发和衬衣。

"来杯啤酒？还是柠檬碳酸酒？"

"来杯樽酒，冰镇的。"

"哇，少见啊。"

惠麻利地将樽酒斟入酒壶端给晋平，又配上一碟小菜。

"这是新菜品哦，蒸无花果。"

以往的晋平肯定立刻动起筷子，穿插着自己的感想，轻松愉快地喝酒。然而今天的晋平一反常态，他一声不吭地把酒喝干，最后还呛得咳嗽起来。

"没事吧？"

惠慌忙递过一杯水。晋平接过水，咕咚咕咚地喝下半杯，小声说道："不好意思。"

至于这是怎么了，无须追问。一定发生什么大事了，晋平才如此失态。

惠将樽酒斟入自己的酒杯，慢慢地喝着，等候晋平心情平静下来。

"吃关东煮吗？"

惠瞅准时机问道。晋平终于好像缓过神来，点了平时点的菜品：白萝卜、魔芋、鱼丸、牛筋、葱段金枪鱼……吃完后，长长地叹了一口气。

"啊，终于缓过来了。"

"肚子饿成那样啊？"

"因为能量都消耗掉了。"

稍微停顿了一会儿，晋平说道：

"我向茅子求婚了。"

惠呛了一口，酒差点从鼻子里流出来。

"老板娘，没事吧？"

惠默默地点点头，用手巾擦了擦鼻子和嘴，等到终于可以开口说话了，她迫不及待地问道：

"为什么？"

茅子五十七八岁，晋平只不过三十二三岁吧？年龄差距跟马克龙总统和布丽吉特夫人差不多。他不是法国人，又不"恋老"，前途有为的青年为什么想娶一个跟自己母亲年龄相仿的女人呢？

晋平好像看透了惠的想法一样，脸上闪过一丝讽刺的微笑。

"我喜欢茅子，没人能像她那样温柔包容、善解人意。跟她在一起，我觉得肯定能够过得幸福长久。"

"就算这样……"

也用不着非得结婚啊……没等惠说出这句话，晋平表情严肃地反问道：

"那你觉得茅子和我哪点不般配？"

"年龄。"

"其他的呢？"

惠陷入了沉思。的确，茅子是位稳重、聪明又富有包容力和理解力的女性。她刚强、自立，丈夫死后，独自一人边工作边将女儿养大成人。妆容和着装上注重素雅，虽不引人注目，但五官端正，快六十了，皮肤依然保养得很好。惠喜欢茅子的母性氛围，在男人的眼里，也许别具魅力。

除了年龄，茅子和晋平不般配的地方还有什么呢？

"没有吧？"

晋平有些得意地说道。

"我投降。"

惠将两手举过肩头。

"不过，为什么你现在突然求婚呢？你跟茅子已经在这里相识很多年了啊。"

"我自己也不明白。不过，今天我想清楚了。"

今天下午，有病人取消了康复训练，晋平有了两个小时的空闲时间，于是就去了新宿的吉长百货商店。

"正好是夏装特卖时期，我想买件外套。反正要买，就想着不如去茅子的柜台，然后就顺理成章地去了。"

去年，茅子从工作多年的西进百货商店女装柜台调到了吉长的男装柜台。

虽说吉长很受欢迎，但是受到百货商店普遍客流变少的影响，平日白天的男装柜台冷冷清清，除了店员以外，几乎不见顾客的身影。

晋平听到从某个柜台里传来了男人的怒骂声，声音虽然并不太大，但因为店里人少，也传到了稍远处的晋平耳朵里。

顺着过道走过去，声音越来越大，发出声音的人进入了晋平的视线——一个跟晋平年龄相仿、高个子的男人。他身着西装，胸前戴着一枚徽章，可能是百货商店的员工。而站在男人前面毕恭毕敬挨骂的竟然是茅子。

晋平不禁屏住了呼吸，怔怔地钉在那里。

男人身材魁梧，气势完全凌驾于茅子之上，茅子垂着头，在男人的骂声中不停地点头。留心细听，原来这个男人是在没完没了地责骂茅子犯下的小失误。

晋平只觉一股血流从头脑中一泻而下，在脚底沸腾后，又以猛烈之势向上涌来。那感觉就像沸腾的血液噌的一声冲破天灵盖，喷向天花板。

"茅子，这种混蛋，别理他！"

晋平突然插到了两人中间。一时间，茅子和男上司都没弄明白眼前发生了什么，目瞪口呆。

"回家吧！"

晋平抓住茅子的手，头也不回地快步走起来，被拽着的茅子跟着小跑。

"喂，喂！怎么回事？你想干什么！"

被留在原地的男人终于怒声喊道。

"等，等等。你干什么呀？"

茅子惊慌失措，拼命地想甩开晋平的手。

"不要待在这儿了。别听那个混蛋的，这个地方简直不可理喻！"

"不要说这种不负责任的话！这是我的岗位啊！我

在这里工作，拿工资，靠这份工作养活自己啊！"

"那就辞了吧。这种工作，不要也罢。"

茅子强行甩掉晋平的手，站住了。

"跟你没关系吧！别管我！"

晋平深深地吸了口气，又吐了出来。

"和我结婚吧。"

茅子又一次张大了嘴巴，不停地眨着眼睛。

"……你说什么呢？"

"茅子，和我结婚吧。我再也不想让你受这份气了，我要保护你一辈子。"

茅子难以置信地睁大了眼睛，不停地摇着头。

"我喜欢你，嫁给我吧。"

"傻瓜！"

茅子快哭了，她大喊一声，然后唰地转身向仓库跑去。

晋平在店员们充满好奇的注视下，伫立了许久。

"事情就是这样的。"

晋平把酒壶里剩下的樽酒倒进杯子里，一饮而尽。

而惠已经喝三杯了。

"我一直以为自己尊敬茅子的为人，对她只有这种程度的好感。她给由利和拉曼的建议，真的很棒……但是今天我才明白，我爱茅子，我想保护她，想让她幸福，跟她共度余生。"

一股悲喜交加的情绪涌上心头，惠久久难以平静。她仰望着天花板，长长地吐了一口气。

"老板娘，茅子下次来店里的时候，你把我的这些话转达给她吧。"

"你自己告诉她不行吗？"

"当然我也会跟她说的，一直说到她理解我为止。有掩护射击不是效果更好嘛。"

"那倒也是啊。"

惠心里突然起了点妒意。

"哎，晋平，你父母知道吗？"

"他们怎么可能知道，我也是今天才动了这个心思。"

"他们会反对你吧？"

"可能吧。不过我哥已经结婚了，而且有两个孩子，所以我父母说不定会答应得很爽快。不管怎样，我的想法不会改变。"

惠露出了浅浅的笑，那是夹杂着对茅子的嫉妒和祝福的苦笑，自己不曾有的幸运被茅子遇到了。

"加油哦，我支持你。"

"谢谢，有劳了。"

最后，晋平郑重地低头行了一礼。

第二天九点将近，茅子出现在了美咕咪食堂。

"欢迎，我一直在等你哦。"

茅子无力地微笑着，坐在吧台上。之前待在店里的三组客人，好像把茅子来店当成信号似的，陆陆续续结账走了。

茅子夹着蒸无花果小菜，嘴里含了口樽酒。

"这个真好吃。"

"是吧？这是新菜品。"

惠打开柜子取出酒杯。

"你要跟晋平结婚吗？"

惠尽量用若无其事的语气问道，但茅子还是像调皮捣蛋的孩子被抓了现行一样，身体一下子僵住了。

"不会的。"

"为什么？他向你求婚了吧？"

"我打算拒绝他。"

惠目不转睛地凝视着茅子，没错，茅子头后方亮起一簇明亮的橙光。

"为什么？你明明喜欢晋平啊。"

茅子猛烈地摇摇头。

"没有的事。"

"有，我看得出来，你已经爱上了晋平。被求婚之前可能没意识到，但现在你很清楚自己爱他。"

茅子抬起头，严肃地盯着惠。渐渐地，她严肃的表情缓和了下来，转而一副哭笑不得的样子。

"我跟他父母年龄差不多哦，有什么脸去跟人家说让他们儿子和我结婚呢？咲子和铃木结婚的时候，我不也快疯了吗？怎么可能让他父母经受同样的痛苦……"

"晋平说他哥哥结婚了，而且还有两个孩子。所以他父母应该也不会期待你们生孩子吧。"

茅子再次摇头。

"你以为我们差几岁？我不能让晋平因为以后要护理老婆，把自己的人生毁了啊。"

"一直健健康康的不就可以了嘛，又不是所有人都会卧床不起，过了百岁还健康的老人多了去了。茅子你也努力做到活着时健健康康的，走时干脆利落不就行了嘛。"

惠从吧台上俯视着茅子。

"茅子，你不要总是做好人了。"

茅子惊讶地回看着惠，目光充满了疑惑。

"活到现在，你一直都在当好人，已经足够了。即使以后稍微任性些，相互抵消后还有富余哦。"

惠莞尔一笑，继续说道：

"人要有所获得，得先有所舍弃。你要得到与晋平的幸福生活，就不要在乎人们的评价。如果你跟晋平结婚，那些尖酸刻薄的人肯定到处说三道四，什么'老牛吃嫩草''贪色''不要脸'之类的。但是跟你们两人的幸福比起来，那些什么都不是。你们相亲相爱地过日子才是最重要的。"

惠两手在胸前交叉成 X 形，变回到以前的"月光小姐"，庄严地宣告道：

"给晋平回复，接受求婚吧。你要是拒绝了，晋平就会不幸的，有可能再也不想结婚了。不能让自己心爱的人不幸，明白了吗？"

茅子的眼睛湿润了。

惠收回占卜师的姿势，回归到关东煮店老板娘的身份，说道：

"从我的经验来看，自己喜欢的人也同样喜欢自己，这是很难得的，也许近乎奇迹。所以你是创造奇迹的人啊。别人要说你什么，你就回他们，'谁让我是奇迹呢？'"

茅子从椅子上站起来，双手相叠，深深地低头行了一礼。

"惠，谢谢你。你的恩情我不会忘记的。"

惠再次微笑道：

"可以全部忘掉哦，不过，你和晋平之后成了夫妻，要一起来店里哦。"

放下门帘已经是九点半了。隔壁拉面店还排着长队。

惠鼓起勇气拿出手机，给真行寺巧打了个电话。

"有什么事吗？"

真行寺的声音还是一如既往的冷淡。

"店里的常客都结婚了，我实在太孤独了。能不能陪我喝一杯？"

手机里传来"哼"的一声嘲讽，很快他便答应道：

"那我在 Camellia 等你。"

"百忙之中，谢谢您。"

"哼。"

电话挂断了。

到了 Camellia，惠立刻被带到真行寺的座位旁。店里几乎客满，真行寺坐在最里面的包厢，年轻的女招待和老板娘朝香椿分坐两侧服务。椿看到惠，立刻站起来，恭敬地寒暄后给惠让出了真行寺旁边的座位。

"百忙之中，给您添麻烦了，谢谢您。"

惠再次向真行寺致谢。

"没什么，反正今天也是来 Camellia 的日子。"

真行寺是店铺的房东，曾经与椿有过男女关系，现在两人只有业务往来。他每个月会来 Camellia 消费两三次，接待客户或者是一个人。

惠落座后，椿知趣地带着女招待离开了座位。

惠把美咕咪食堂不到两个月就连续有三位女常客要结婚的事，一五一十地道来，真行寺开心地笑了。

"就你一个人剩下了。"

"别挖苦了嘛。"

惠拿起真行寺存在店里的卡慕 XO，咕咚咕咚地往杯子里倒。

"嗯，年纪比你大的都有人要，现在就放弃为时过早，尽全力努力吧。"

"那你自己呢？还不快找下一个的话，将来孩子就跟孙子差不多大了哦。"

"下一个？"

"新太太，是第几个我就不知道了。"

"我没结过婚。"

"啊？"

惠突然来了兴致。

"为什么？"

"不适合。"

"原来如此。"

这个回答让人心服口服，惠还想再深入了解一些。

"今天难得说起来，你就再说得详细点吧。"

"你醉了吧？"

"所以才问你嘛，没喝醉哪儿好意思问。"

真行寺陷在沙发上，跷起二郎腿。到底要不要说，也许他就是那会儿工夫决定的。他语气干脆地说道：

"我是在一个支离破碎的家庭里长大的，不，那根本就称不上家庭。因此我觉得自己也很难结婚、构建家庭，所以就放弃了。"

真行寺拿起矿泉水瓶，给惠斟满了酒杯，稀释了里面的酒。

　　"我父亲家暴，母亲经常责骂我出气。我父亲本来是富有的实业家，事业失败后成天被追债。我开始记事的时候，他就常常是夜里四处逃窜的状态了，在家里从没间断过家暴，所以我没有一点幸福家庭的记忆。描绘不出理想的模式，事业就不会成功，婚姻也一样。就这样，可以了吗？"

　　"好惨啊。"

　　"那时候是很惨。但是现在我取得了成功，相抵也还算过得去。"

　　真行寺好像在讲别人的事情似的，声音里丝毫不带感情。

　　惠真心地同情他。真行寺是个坚强的男人，肯定不喜欢沉浸在自我怜悯中，但他小时候该受了多大的心灵创伤啊。年纪轻轻就成为成功的实业家，至今却从未结过婚，也说明了这一点。

　　"好可怜。"

　　"你更可怜吧？被老公背叛、散尽家财，最后从人气占卜师的宝座上跌落下来，当了个微不足道的关东煮店的老板娘。"

"话虽这么说，可是现在的工作我也特别喜欢，连我自己都觉得很意外。关东煮店好像很适合我，而且比起占卜师时代，可以信赖的人变多了。"

"那就好。"

真行寺看了一眼手表。皮革表带的手表，看上去只不过是块大叔带的那种普普通通的表，实际上却是价值近五百万日元的高端表——百达翡丽的复杂功能计时腕表。

"十一点半了，我回去了。"

真行寺叫来男服务员，刷卡支付了费用。椿和女招待们过来寒暄送别：

"谢谢光临。"

在她们齐刷刷的鞠躬行礼中，惠紧跟在真行寺身后出了店。

"把你送到四谷。"

"谢谢。"

惠和真行寺坐上了前来迎接的租赁专车。

汽车在外堀大街上奔驰，到了望见四谷见附的地方，惠觉察到了异常。周围笼罩在明晃晃的灯光中，道路被封锁了，停着好几辆消防车，围观群众里三层外三层。

"哪里起火了？"

惠不觉一阵心慌，她向司机问道。

"是新道街附近吧？"

司机话音刚落，惠便打开车门跳了下去。

"喂，等等！"

惠已经听不见真行寺的声音了，她拨开围观人群，从四谷见附向新道街跑去。

"火源在哪里？"

惠问前面看热闹的人。

"听说是拉面店桂。"

惠顿觉眼前漆黑一片，脚下的路仿佛塌陷了一般。

"我是当事人！让我过去！"

惠穿过警戒线，沿着新道街朝里跑去。她甩开消防员们的阻挡，拼命跑向美咕咪食堂。

"！！"

刹那间，她停下了脚步。

眼前是被火焰吞噬的建筑，拉面店桂所在的那座旧楼大火熊熊，烧得像根火焰烟囱，火势还蔓延到了旁边的美咕咪食堂。

惠刚要冲过去，有人从后面将她一把抱住，是真行寺。

"傻瓜，别去！"

"店！我的店！"

惠奋力挣扎，然而真行寺将她死死地按住，拖着她向后退，把她带到了新道街的外面。

被真行寺径直塞进包车后座的时候，惠已筋疲力尽，再也无力挣扎。她两手捂着脸，颤抖着哭起来，十年来的辛苦就这么化为灰烬了。

惠哭了一会儿，终于稍微平静下来了。真行寺递过手帕，惠不客气地拿过来擦了擦眼睛，擤了擤鼻子。

"你说得对啊，我真的好可怜，到头来竟然还被火灾牵连。"

"别太灰心，只要人安好，店再重开不就行了嘛。"

本以为真行寺又会说风凉话，没想到语气竟温柔体贴。

"不行，我已经没气力了。"

"为什么？刚开店的时候你还完全是个门外汉，现在已经积累了这十年的经验，还有常客，重新开店肯定比以前条件更好。"

"但是……"

美咕咪食堂所在的建筑破旧不堪，房东应该会借此机会建新楼吧？那么房租肯定也会上涨。还能不能在那里租借店面，惠没有信心。

"不用担心。那块地我会买下来，建一座丸真大楼，到时候优先让你进去。建成前先把我一栋大楼的空店面租给你，你在那里继续开店就行了。"

惠坐直身子，目不转睛地盯着真行寺的脸。

"这么好的事，简直难以置信，这也是你为了报答与先生的恩情吗？"

"是的。"

"哎，以前我就一直想问，与先生和你是什么关系？"

真行寺给了司机一万日元，让他出去喝杯咖啡，把他支走了。

"我不是跟你讲了我在那个悲惨家庭里长大的事吗？"

惠默默地点点头。

"不知道是第几次搬家……总之某天晚上逃跑后，我最后住的是与先生家后面的公寓。当时我刚满五岁，先生已经是有名的占卜师了，每天都有很多人上门咨询。所以先生家的大门总是敞着的。于是，每次我父亲开始家暴，我就逃到与先生家里。"

与对不幸的孩子很热情，帮他处理伤口，给他有营养的食物吃。她猜想到他的家庭情况，还考虑过通知儿童咨询机构。

"然而，还没等与先生通知儿童咨询机构，有一天，我母亲在房间里浇上汽油点了火。她是想趁父亲喝醉睡着的时候，全家一起自杀。我幸运地半夜醒来，幸免一死。"

真行寺沉默了许久，又详细地说道：

"半夜醒来，周围一片火海……我吓得大脑一片空白。这时候，耳边，不，我的脑海里回荡起与先生的声音，'从窗户跳下来！'……我们一家住在公寓二楼。我不顾一切地从窗户跳了下去，与先生已经在下面为我铺了垫子，于是我得救了。只是，那时烧伤的疤痕现在还在。"

真行寺用手指指了指墨镜的右侧。

"没有亲戚收留，我被送进了儿童福利院。有的福利院很差，但我去的那家不错，是与先生捐助的地方。说实在的，如果说我出生的家庭是地狱的话，那里便是天堂。"

与经常去看他，送他一些玩具和学习用品，暑假还会带他去旅游。

"与先生还邀请我去她家，亲手为我做饭，每次吃的都是关东煮……先生只会做关东煮。"

尾局与的父母经营关东煮小摊铺，虽然贫穷，但家庭和睦。孩童时代，与经常给父母打下手，一起准备关东煮材料。

"先生说，那时候是最幸福的。"

随着年龄的增长，与开始发挥出一种不可思议的能力，能看到别人看不到的东西，比如失物的所在之处、去世之人的意念、活着的人的未来，等等。

与父母想到用女儿的这种能力换钱。他们的想法成功了，财源滚滚而来。于是，父母关掉关东煮摊铺，做起了女儿的经纪人和跟班。家里雇了阿姨，与也不再帮忙做饭了。

"然而，随着收入的增多，与先生的父母开始因为钱财分配争吵起来。家里争吵不断，夫妻关系破裂。父亲开始玩女人，母亲则沉溺于喝酒。"

与三十岁那年，父母相继猝死。父亲心肌梗死，母亲急性酒精中毒。

"与先生成了孤身一人。她终生致力于救助不幸的孩子们，当然是出于她天生的侠义心肠，但跟她自身的经历应该也有关系。"

惠屏住呼吸，专心地听着。自己作为弟子一直不离与的左右，可自己到底看到了些什么呢？除了做占卜师之外，惠对与一无所知。就连与一直捐助儿童福利院的事情，也是听真行寺说了以后才知道。

与无疑是孤独的。收惠做徒弟也许是她孤独的表现。然而，那时的惠太过幼稚，没能察觉出这一点。她被老师的伟大所震撼，对与一直是仰视的姿态。与肯定认为迟钝的惠挺没出息吧。

"现在想来，关东煮是先生幸福的象征啊。尽管以前很贫穷，但那是全家人肩并肩一起生活的时代……"

真行寺无限感慨地说。

"先生给我做的关东煮真是好吃，白萝卜和魔芋很入味……现在我也常常想起。"

这个男人罕见地露出了羞涩的微笑。

"先生后来告诉我，她做占卜师很忙，也没有结婚经验，所以没有信心收养我做养子。但在我看来，与先生比我的亲生母亲还亲，所以，关东煮对我来说就是'母亲的味道'。"

真行寺高中毕业后考上了大学。入学注册费是与出的，因为他成绩优秀，学费免缴。

"本来我应该认认真真地专攻学业的，但是暑假用打工赚的钱去了一趟越南，在那里发现了做生意的乐趣。"

美国士兵遗留下来的中古 Zippo 打火机，在那里一千日元以下就买得到，而在东京的收藏店则要卖到两三万日元。真行寺把手头的钱全都拿出来，买下他找到的所有 Zippo 打火机，然后在东京倒卖，赚了不少钱。

"之后我也经常去东南亚进些热门货回来，不久，自己也想有一个专卖店了。"

于是，真行寺在原宿一座破旧大楼的一楼租了个店面，店面的脏旧状态原封不动地保留着，等物品摆上后，竟然卖得很好。后来，他增设了店铺，又通过转卖店铺获得了丰厚的利润。

虽说大学总算没有留级，顺利毕了业，但他没有找工作，而是直接迈入了自营零售业。

"后来，我的兴趣转移到了整座大楼的收购上。于是，我用自己攒下的和与先生借给我的资金买下了一栋楼，这就是丸真 Trust 的开始。因为正好是泡沫经济快要开始的时代，不动产租赁业赚大了。"

也正是那个时候，惠在原宿的占卜馆遇到了与和真行寺。

"当然，我是想把钱还给与先生的，但是先生不收。当时先生所说的话，我终生难忘。"

与凝视着真行寺说道：

"这个钱用不着还。在你今后的人生中，如果遇到和以前的你一样的孩子，请你向他伸出援助之手；遇到有抱负、前途有望的年轻人，请你在他的成功路上助一臂之力。我希望这个世界上，尽量多一些像现在的你这样的人，那是我最大的喜悦。"

真行寺将手指伸到墨镜下面，迅速地抹了一下眼睛。

"与先生把自己的能力用在了帮助别人身上。遇到你之前，先生没有收过徒弟。她特意选你做徒弟，我觉得是因为她认为你是一个能够帮助别人的人才。不愧是先生，她没有看错。"

真行寺望向新道街的方向，火势稍有减弱，但依然在燃烧。

"你开那家关东煮店，也是一种助人的方式。"

真行寺的话出乎惠的意料，她困惑了。

"救济结婚难民，这不是正儿八经的助人吗？"

真行寺轻轻地将手放在了惠的双肩上。

"以后你也要加油啊，继承与先生的遗志。我会支持你一辈子。"

泪水再一次涌了出来，惠不由得发出呜咽的声音。真行寺借给她的手帕已经湿淋淋的了。

"不过，我去你店里的时候，可要给我免费哦。"

"好小气啊。"

"那当然，关东煮是贫穷人的食物嘛。"

真行寺愉快地抿嘴一笑。

惠也跟着真行寺，勉强地挤出了笑容。不知为何，她的心中涌起一股豪气，一个声音在耳边回荡："重开美咕咪食堂！"

那一瞬间，惠好像才弄明白，自己到底是为什么开的关东煮店。关东煮是"母亲的味道"，同时又是"家庭的味道"，是家人一起围坐餐桌的象征。

那个时候，孑然一身的惠为了寻求"家庭"的味道开始做关东煮店。不久，店里聚集了心怀寂寥的顾客。围坐在关东煮大锅旁度过的短暂时光，给予了每个人心灵的慰藉，化作了他们寻找幸福的能量。所以说，惠得到了新的能力，使心情落寞的人们获得幸福的能力。

现在，惠要再次爬起来。

"谢谢你，真行寺，我一定努力。"

"就是这个气魄，加油，惠。"

真行寺再次轻轻地拍了一下惠的肩膀。

惠突然发现，真行寺这样直呼自己的名字"惠"还是第一次。走到今天，花了整整三十年。

太好笑了。

惠露出了自然而又明朗的笑容。

《婚活食堂1》菜谱集锦

四季菜谱

○希腊鳕鱼子沙拉

< 材料 >4 人份

土豆(大)4个　鳕鱼子 1 个

蛋黄酱 适量　黑胡椒 少许

< 做法 >

①将土豆洗净后带皮煮(煮到签子能够顺利戳入即可)。
或者去皮后切成一口大小的块状，盛入耐热容器里用保
鲜膜盖好后，放在微波炉里加热。

②将煮好的土豆去皮，用土豆压泥器压成泥状。

③用刀将鳕鱼子外皮切开，取出包在里面的鳕鱼子。

④土豆泥和鳕鱼子中加入适量蛋黄酱搅拌，撒上黑胡椒
调味。

☆也可以用黄油替代蛋黄酱。请多多尝试不同调料，找
到自己喜欢的味道。

○ 法式咸派

< 材料 >4 人份

菠菜 1 把　辣香肠 200g

鸡蛋 2 个　牛奶 150ml

馅饼皮 (20~22cm) 1 张

芝士粉 适量　盐、胡椒粉、黄油 少许

< 做法 >

①将烤箱预热到 200 摄氏度。

②菠菜稍微焯一下，去掉水分。辣香肠切成 5mm 薄。

③将馅饼皮铺在盘子上，然后用黄油将菠菜和辣香肠炒好，放在馅饼皮上。

④鸡蛋和牛奶充分搅拌，撒上盐和胡椒粉，注入馅饼皮。

⑤撒上芝士粉，放进烤箱烤 20 分钟。

☆牛奶改用 100ml，再加入鲜奶油 50ml，味道则更浓郁。

☆法式咸派用料多种多样，菠菜和鲑鱼搭配起来也不错，色彩漂亮又美味。

○茶饭

< 材料 >4 人份

大米 360g　水 360ml

高汤调料 1 小勺　酒 1 大勺

酱油 1 大勺

< 做法 >

将材料全部搅拌在一起，用电饭煲等煮熟即可。

☆这里简单使用了高汤调料，但也可以尝试用海带和木鱼花自己制作高汤。

☆茶饭除了上述的"调味饭"以外，还可以使用焙茶煮出的茶水，加入少量盐后再煮饭，这就是名副其实的"茶饭"。可根据个人喜好自由选择。

春季菜谱

○小沙丁鱼高汤鸡蛋卷

< 材料 >4 人份

鸡蛋 4 个　小沙丁鱼 40g　葱丝 30g

白酱汁 4 小勺　酱油 2 小勺　水 3 大勺　色拉油 适量

< 做法 >

①将鸡蛋打成鸡蛋液后，加入白酱汁、酱油和水，充分搅拌。

②在煎蛋锅的锅底刷一层油，油热后，倒入 1/3 蛋液，煎至半熟。

③将半熟的鸡蛋翻卷到近前。空出的地方再次加油，将剩下的蛋液倒入一半，煎至半熟，然后把它与之前的半熟鸡蛋翻卷到一起。

④按同样方法将剩下的蛋液煎好，做成厚蛋卷。

☆讲究的人会将做好的煎蛋卷在竹帘子上，调整形状。也可以做成西式煎蛋卷、炒蛋等，同样可口。

☆这里简单使用了白酱汁，也可以将普通的高汤调料溶于水后使用。

○ 黄油炒竹笋蛤蜊

< 材料 >4 人份

带皮竹笋 1 个　蛤蜊 20~30 个

清酒、橄榄油、黄油、盐、胡椒粉 适量

< 做法 >

①去掉竹笋皮，竖切成两半放入锅里，加入足量的水和一把米糠，煮 30 分钟。

②竹笋煮软后用水洗净，切成便于食用的大小。

③将蛤蜊浸泡于盐水中约 3 小时，待其吐净沙子后用水洗净。

④锅里放入橄榄油、竹笋和蛤蜊，一边炒，一边淋酒，最后放入黄油，用盐和胡椒粉调味。

☆放入蒜末可增添风味，更加可口。

☆做竹笋米饭时，可以多煮一个竹笋。

☆可以使用现成的已经煮好的竹笋，但是当天早上刚挖的带皮竹笋更加鲜美。

夏季菜谱

○冰镇西红柿关东煮

< 材料 >4 人份

西红柿 4 个

关东煮高汤 适量

< 做法 >

热水烫西红柿后去皮，在关东煮高汤里焯一下，然后连同高汤一起放在冰箱里冰镇起来。

☆关东煮高汤可以用木鱼花、海带、酒、盐、酱油制作。如果时间不允许，也可以将市面上的高汤调料用热水溶解后使用。

○瓜类印笼腌菜

< 材料 >4 人份

白菜瓜 2 根　绿菜瓜 小号 2 根

蘘荷 6~8 个　紫苏叶 20~30 片

盐 适量

< 做法 >

①切掉瓜的两端，用勺子将里面的瓤挖出来。

②用紫苏叶将蘘荷一个一个地包起来，撒上盐，塞进瓜里。塞得越紧，完成后的味道越好。

③将瓜放进容器，压上压菜石腌渍，水浸没瓜即可。

☆腌制两天后便是清爽的速成腌菜，腌制一周便得酸味强烈、外观干瘪的久渍腌菜。可根据喜好选择腌制程度。

☆腌制到自己喜爱的程度后，将腌菜从容器中取出，清洗干净后移至保鲜盒中保存，这样其酸度便可保持不变。

○蒸无花果配甜味噌酱汁

< 材料 >4 人份

无花果 4 个

甜味噌 80g　清酒、砂糖 适量

< 做法 >

①无花果去皮后，中火蒸 10 分钟。

②锅里放入甜味噌，用清酒稀释搅匀，同时加入砂糖搅拌。

③将甜味噌浇在无花果上，大功告成。

☆浇上市面上卖的田乐味噌[1]或柚子味噌，也很美味。

☆无花果去皮后，用便宜的白兰地或威士忌煮过后放在冰箱里冰镇，便可得到一道精美可口的蜜饯食品。

1　田乐味噌混合了砂糖、甜料酒和普通味噌。

○日式香芋片

< 材料 >4 人份

芋头 (大) 12 个　比萨用芝士 适量

紫苏叶 10 片

色拉油、酱油 适量

< 做法 >

①锅里烧开水，放进去泥的芋头煮 5~10 分钟后，盛在笊篱里浇上冷水。这样芋头便可轻松去皮，避免徒手剥皮会产生的瘙痒。

②将芋头切成厚 1cm 的圆片，紫苏叶切丝。

③锅里热油，把芋头摆在锅里，煎至表面着色后翻面，撒上比萨用芝士，淋上酱油。等芝士融化后关火，撒上紫苏叶。

☆用黄油代替芝士，也很美味。

○山药蟹味菇炒肉片

< 材料 >4 人份

山药 (中等粗细) 约 15cm　猪肉片 300g　蟹味菇 2 包

A (蚝油 2 大勺　清酒 2 大勺　酱油 1 大勺　砂糖 1 小

勺　芝麻油 1 大勺　中式高汤料 1 小勺)

香葱 1/2 把　芝麻油 少许

< 做法 >

①将山药切成长条状，蟹味菇掰成小朵。

②将调料 A 搅拌在一起，香葱切成葱花。

③锅里加芝麻油烧热后，放入猪肉片炒至变色，接着放

山药一同翻炒，炒至断生后加入蟹味菇。

④将 A 顺着锅壁浇入，等全部煮熟后出锅。

⑤盛入盘中，撒上香葱即可享用。

☆非常下饭！

○烤秋刀鱼

< 材料 >4 人份

秋刀鱼 4 条　西红柿 (中) 4 个

洋葱 (中) 2 个　大蒜 1/2 头　柠檬 1 个

清酒 4 大勺　面包粉、芝士粉 适量

橄榄油、盐、胡椒粉 适量

< 做法 >

①将烤箱预热至 200 摄氏度。

②秋刀鱼去头，划开肚子去除内脏和脊骨后，用水清洗干净。

③将秋刀鱼切成两段，大蒜和柠檬切成薄片。

④在耐热容器里涂上一层橄榄油，放入秋刀鱼，鱼腹中塞入大蒜片和柠檬片，然后浇上清酒，撒上盐和胡椒粉。

⑤洋葱切成碎末，西红柿去瓤后切成大块。

⑥秋刀鱼上放洋葱和西红柿，然后撒上面包粉和芝士粉，放入已预热完毕的烤箱里烤 20 分钟。

☆最近秋刀鱼的价格也暴涨了。这道菜比盐烤更有嚼头，欢迎一试。

冬季菜谱

○穷人的芦笋

< 材料 >4 人份

大葱 (粗) 4 根

蛋黄酱 适量

< 做法 >

①大葱洗净后，葱白部分切成 10cm 长的葱段。

②把葱段放进锅里，加水煮至黏稠状。

③捞起葱段至笊篱中，沥干水分后，放进冰箱里冰镇。

④浇上足够的蛋黄酱。加点芥末也很美味。

☆趁热吃的话，可撒上盐、胡椒粉、橄榄油、芝士粉。

加上醋和煮鸡蛋碎也很美味。

○咖喱煮牡蛎

< 材料 >4 人份

生牡蛎（用于熟食）400~600g

按个人喜好选择市面上卖的咖喱块

牛奶或鲜奶油 适量　面粉、黄油 少许

< 做法 >

①牡蛎用水快速清洗后，吸干水分，敷上一层薄薄的面粉。

②将市面上买来的咖喱块和牛奶放入锅里，加热使其溶化。沸腾后加入黄油。如果用冷水溶化，要加入鲜奶油。

③将牡蛎放入咖喱汁内，煮熟后立刻关火，盛入盘子里。

☆这里用的是市面上卖的咖喱块，也可以在自制白色沙司中放入咖喱粉来使用。

☆使用市面上卖的红烩咖喱块，便可做成西式炖牡蛎。另外推荐大家可以自制多蜜酱汁。

大胆尝试，别怕失败！反正这些菜也不是用来卖的。

多多挑战，多多经历失败，提高厨艺吧！